Leyla & Shane
Take 1
von
Natascha Vuleta

1. Auflage, 2021
© 2021 Vuleta, Natascha
Herstellung und Verlag: BoD – Books on Demand, Norderstedt
ISBN: 9783754321799

Lektorat: Cornelia Franke
Korrektorat und Satz: Grafikstudio Verena Schagerl
Umschlaggestaltung und Cover: Philipp Pfleger

Natascha Vuleta
c/o AutorenServices.de
Birkenallee 24
36037 Fulda
Es werden keine Pakete angenommen.
Für Pakete bitte gesondert via Kontakt oder E-Mail anfragen.
www.nataschavuleta.at

LEYLA & SHANE

TAKE 1

von

Natascha Vuleta

Für alle, die den Mut haben weiterzumachen,
auch wenn das Leben ihnen Steine in den Weg legt.

Für meine Testleser,
die mich durch das Buch begleitet haben.

Danke an meine Lektorin und
meine Buchsetzerin für die Zusammenarbeit.
Danke an meinen Mann für das wunderschöne Cover.
Danke auch an meine Testleser.

Inhalt

KAPITEL 1:
DER BODYGUARD

Leyla

Ich war sechzehn, als meine Mutter durch einen Unfall ins Koma fiel. Dies war mittlerweile fast ein Jahr her und sie ist noch immer nicht aufgewacht. Da sie eine bekannte Schauspielerin ist, hatte ich als Kind durch sie ein paar kurze Fernsehauftritte in Serien oder Filmen. Auch wenn ich immer noch gerne Werbespots drehe oder bei Filmen kleine Rollen spiele, macht mir das Modeln mehr Spaß.

Seit meine Mutter in diesen tiefen Schlaf gefallen ist, lebe ich mit meinem Stiefvater in unserem Haus in North Hollywood. Er hat sich sehr verändert. Doch nur ich weiß davon. Nur ich kann es sehen. Und manchmal auch spüren. Tag für Tag. Nacht für Nacht.

—

Neben der Schule arbeite ich als Model. Auf der *Hollywood High School* belege ich, unter anderem, das Fach für bildende Künste. Dadurch kann ich meine schauspielerischen Fähigkeiten verbessern und auch als Model mein Wesen vor der Kamera besser in Szene setzen. Da im Moment Sommerferien sind, kann ich mich ganz darauf konzentrieren.

Eigentlich beginnt das Fotoshooting erst um zehn Uhr vormittags, doch heute war wieder eine dieser Nächte. Also stehe ich schon um sechs Uhr auf, um mich frischzumachen und die blauen Flecken und roten Male zu überschminken.

Natürlich sind die Leute am Set Profis in ihrem Job, sodass ich später noch in die Maske muss. Jedoch kann ich es mir nicht leisten, dass Fragen gestellt werden. Zu viel Medienrummel um meine Person. Zu viel Neugierde.

Ich will mich keineswegs beschweren. Ich mag Aufmerksamkeit. Doch diese birgt Gefahren.

Als ich genug Puder und Abdeckstift aufgetragen habe, mache ich mich auf den Weg zum Shooting.

Bevor ich das Haus verlasse, sehe ich noch einmal in den Spiegel im Eingangsbereich. Zum Glück wirken meine Augen nicht allzu verquollen. Es ist erstaunlich, wie sehr man einen Menschen mit Schminke verändern kann.

Dann blicke ich ein letztes Mal zu meinem Stiefvater. Er sieht friedlich aus, wie er da auf der Couch schläft. Beinahe befreit, selbst wenn es keine Erlösung für ihn gibt.

Er war nicht immer so. Bevor meine Mutter diesen Unfall hatte, waren wir eine glückliche Familie. Umso mehr hat es mich geschockt, wie er sich verändert hat und langsam daran zugrunde geht. Er hat seinen Job aufgegeben, sich vor der Welt verschlossen und sich nur noch um mich gekümmert. Bis er meinen Anblick nicht mehr ertragen konnte. Immer häufiger hat er mir gesagt, wie ähnlich ich ihr sehe. Dass er nicht ihr Gesicht vor sich haben will und er sie so nicht vergessen könne. Er erträgt den Schmerz nicht und will mich deshalb daran teilhaben lassen. An seinen Schmerzen. Ich sollte fühlen, was er fühlt, verstehen, warum er so ist. Doch ich begreife es nicht. Ich versuche, ihm zu verzeihen, mich in ihn hineinzuversetzen, denn auch ich habe jemanden verloren. Jedoch will es mir nicht gelingen. Und wäre diese letzte Nacht nicht gewesen, fiele mein Mitleid für ihn größer aus.

Beim Set angekommen reicht mir meine Assistentin Claire schon meinen Morgenkaffee, während ich ihr entgegen gähne. «War es wieder eine lange Nacht?», zwinkert sie mir verschwörerisch zu. Sie denkt wohl, ich wäre um die Häuser gezogen oder etwas in der Art.

«Nein. Bin nur seit sechs Uhr auf.»

«Wow. Warum so früh?», fragt sie sichtlich überrascht.

«Morgensport», fällt es mir schnell ein. «Ich muss ja fit bleiben.»

Lächelnd öffnet Claire die Tür zu meinem Wohnwagen. Momentan werden die Aufnahmen in einem Filmstudio in Hollywood gemacht. In meinem privaten Bereich wechsele ich jeden Morgen meine Kleidung für das Fotoshooting. Meine Arbeit als Model ist auch der Grund, warum ich gut schminken und unschöne Stellen auf der Haut mit Abdeckstiften beinahe verschwinden lassen kann.

Als Claire die Tür wieder schließt, bin ich kurz alleine. Es liegt bereits alles bereit. Auf einem Stuhl finde ich eine Hotpants aus Jeansstoff und ein sexy ledernes Top mit Fransen.

Daneben liegen ein Cowboyhut und Reiterstiefel aus braunem Leder. Somit wäre das Thema des heutigen Shootings klar.

Zum Abschluss streife ich mir noch die Stiefel über und bemerke dabei, wie sehr meine Unterschenkel schmerzen. Auch wenn ich sie gut abgedeckt habe und die Stiefel als zusätzlicher Sichtschutz dienen, spüre ich die blauen Flecken von letzter Nacht.

Warum konnte er nicht noch eine Nacht warten? Dann hätte ich zwei freie Tage gehabt. All die Posen heute müssen perfekt sitzen, selbst mit Schmerzen. Man erkennt es auf einem Foto sofort, wenn der Künstler nicht bei der Sache ist.

All diese Gedanken helfen mir jedoch nicht, die Realität zu verdrängen. Ich muss Haltung bewahren und meinen Beruf professionell ausüben. So selbstsicher wie immer schreite ich zu dem Container, in dem man mir Frisur und Make-up macht.

Fertig gestylt komme ich in die Halle fürs Fotoshooting an, dort begrüßt mich auch schon Patrick, mein Fotograf, indem er mir ein Lasso in die Hand drückt.

«Viel Spaß damit. Aber verletz niemanden.» Er grinst breit.

«Sehr witzig», gebe ich augenrollend zurück und muss schlucken, als ich auf die Wurfleine schaue. Wenn er wüsste, was dieses kleine Seil wirklich in mir auslöst, hätte er den Witz bestimmt unterlassen. Aber er weiß es nicht. Ebenso wenig wie irgendjemand sonst.

Danach setze ich mich auf den Stein aus Styropor, der für die Kulisse gebaut wurde, und mache verschiedene Posen, die mir Patrick vorgibt. Hinter mir befindet sich eine Leinwand mit einem Abbild des Grand Canyon. Dazwischen sind ein paar Kakteen aufgebaut.

Der Höhepunkt des Tages, ist jedoch das wunderschöne Pferd, ein weißer Schimmel mit wilder Mähne. Der Aufstieg erweist sich als schwierig, da ich keinen Sattel habe, aber sein Fell fühlt sich unglaublich weich an zwischen meinen Schenkeln. Für einen Augenblick vergesse ich dadurch selbst die blauen Flecken.

—

Am späten Nachmittag ist es dann geschafft. Doch bevor ich mich umziehen kann, ruft mich mein Manager zu sich.

«Was gibt's, Matt?», frage ich, erschöpft von den letzten Stunden.

«Ich möchte dir jemanden vorstellen.»

Ein Mann in Hemd und Jeans tritt an uns heran. Er ist etwa einen Meter neunzig groß und hat sehr breite Schultern. Sein Dreitagebart unterstreicht seine Männlichkeit und ich muss gestehen, dass diese Muskeln etwas in mir auslösen. Er hat seine dunkelblonden Haare zu einem Dutt gebunden und trägt eine Sonnenbrille. Dabei scheint keine Sonne im Studio. Vielleicht ist es eine Optische und er ist auf sie angewiesen, oder er will einfach nur geheimnisvoll wirken.

«Das ist Shane Marino. Er ist neunundzwanzig Jahre und Bodyguard», erklärt Matt.

Also cool wirken. Ich mustere ihn von oben bis unten, weiß jedoch nicht, was Matt mir damit sagen will. «Schön», antworte ich schließlich.

«Ich habe ihn bei einer Agentur für Personenschutz gemietet. Er wird dir ab heute zugeteilt», ergänzt Matt.

Meine Kinnlade klappt herunter. «Wie bitte?» Habe ich richtig gehört?

Matt erläutert mir die Situation abermals, trotzdem will ich es nicht wahrhaben.

«Ich bin alt genug, ich brauche keinen Babysitter», erwidere ich.

«Bodyguard», erklärt nun der Fremde mit der Sonnenbrille, der offensichtlich denkt, ich bin begriffsstutzig.

Ich werfe ihm einen finsteren Blick zu und widme meine Aufmerksamkeit dann wieder Matt.

«Warum auf einmal? Wozu brauche ich einen Bodyguard?»

«Du hast mittlerweile einen gewissen Bekanntheitsgrad erreicht. Wenn du dich in der Öffentlichkeit zeigst, erkennt man dich auf der Straße. Die letzten Male haben uns gezeigt, dass es an der Zeit ist, dir einen Beschützer zur Seite zu stellen.»

Bei meinen letzten alltäglichen Einkäufen waren meine Fans wirklich aufdringlich. Trotzdem will ich keinen Bodyguard. Zumal ich ohnehin genug damit zu tun habe, mein Geheimnis vor meinen Arbeitskollegen und Freunden zu verbergen. Wenn nun ein Typ auftaucht, der für meine körperliche Sicherheit verantwortlich ist, macht dies das Leben bloß komplizierter. Was Matt natürlich nicht weiß.

«Ich danke euch für eure Fürsorge, aber ich will und brauche keinen Bodyguard.» Ich drehe mich zu dem Sonnenbrillentyp. «Es tut mir leid, du hast den weiten Weg umsonst auf dich genommen.»

Ich drehe mich um und marschiere zu meiner Kabine, um mich umzuziehen. Für mich ist das Thema beendet. Ein paar Schritte gegangen, bemerke ich, wie mir jemand hinterhergeht. Ich blicke kurz über meine Schulter und entdecke den fremden Mann.

«Folgst du mir etwa?», frage ich und wende mich um.

«Ich soll auf dich Acht geben. Das ist meine Aufgabe.»

«Danke. Aber wie schon gesagt, ich brauche deine Hilfe nicht.»

Als ich die Tür zum Wohnwagen öffnen will, kommt mir dieser Shane zuvor. Er drängt sich an mir vorbei, öffnet vorsichtig, blickt kurz hinein und sieht sich dann im Inneren um.

Völlig perplex bleibe ich stehen und weiß nicht so recht, was ich davon halten soll. Der Kerl ist irgendwie ... gruselig. Nach ein paar Sekunden kommt er wieder heraus. «Ist sicher. Du kannst dich jetzt umziehen.»

«Danke, Sonnenbrillenheini.» Kurz verdrehe ich die Augen, bevor ich mich wieder fange, und an ihm vorbeischreite.

«Ich heiße Shane», erklärt er, während ich bereits die Tür schließe.

Ein letztes Mal schaue ich aus dem Fenster und sehe, dass er draußen auf mich wartet. Ich muss also einen anderen Weg finden, um ihn loszuwerden.

—

Nach ein paar Minuten habe ich mich umgezogen und meine Sachen gepackt. Während ich die Tür aufschließe, lasse ich einen Kontrollblick durch den Wohnwagen wandern, ob ich auch nichts vergessen habe.

«Darf ich mal durch?», frage ich Shane, der immer noch den Ausgang versperrt, indem er auf den Trittstufen sitzt und wartet.

Ohne ein Wort steht er auf und lässt mich passieren, folgt mir jedoch erneut. Um meinen Standpunkt klarzumachen, drehe ich mich abrupt um und starre ihn nieder. Überrascht hält er inne.

«Hör zu, Sonnenbrillenheini, ich brauche deine Dienste nicht. Du kannst wieder nach Hause fahren. Nimm dir für heute frei. Und auch morgen, am besten den ganzen Monat. Oder such dir gleich einen anderen Job, mir egal. Aber hör auf, mir nachzulaufen wie ein Hund.»

Damit wende ich mich ab und will schon gehen, als mich eine Hand erst zurückhält, dann mit einem Ruck herumdreht. Shane setzt seine Sonnenbrille langsam auf seinen Kopf, zwei dunkle Augen funkeln mich plötzlich an.

«Jetzt hörst du mir mal zu, Süße.» Er wagt es tatsächlich, mir zu widersprechen. «Wir können es auf die harte oder die leichte Tour machen. Ganz wie du willst.» Er lässt mich wieder los und verschränkt die Arme vor der Brust. «Du entscheidest.»

Ein paar Sekunden bin ich förmlich gebannt von seiner herrischen Ausstrahlung. Doch dann blase ich meine Brust auf, um größer zu wirken und mehr Kraft in meiner Stimme zu haben.

«Was glaubst du, wer du bist?», stelle ich die Gegenfrage, doch Shane hebt nur spöttisch eine Augenbraue. «Wenn du mir drohst, dann sorge ich dafür, dass du dich mir nicht mehr auf dreißig Fuß nähern darfst.» So. Das sollte genügen. Diesem arroganten Mistkerl musste man klarmachen, wer hier die Hosen anhat.

Leider bleiben meine Worte ohne Erfolg, denn er wirft mir nur ein fieses Grinsen entgegen. Vorsichtig nähert er sich und umfasst meine Hüften. Ehe ich mich versehe, hat er mich hochgehoben und über die Schulter geworfen.

«Hey! Lass' mich runter!», brülle ich so laut, dass es mittlerweile die ganze Crew gehört haben sollte. Doch er lacht nur und geht weiter.

«Was soll der Mist?», frage ich wieder. «Wenn du mich nicht loslässt, wird das Konsequenzen haben.»

Erneut werde ich nur ausgelacht. «Ach ja? Willst du mich mit deinem Lasso irgendwo fesseln, damit ich dir nicht mehr folgen kann? Oder bewirfst du mich lieber mit deinen Schminksachen?»

Dieser Mistkerl! Der findet es witzig, mich zu kidnappen. Ja genau, das hier ist eine Entführung. Jemand sollte die Polizei rufen. Aber als ich am Set vorbeigetragen werde, sehe ich, wie Matt und ein paar andere lachen. Claire zeigt mir den Daumen nach oben, als hätte ich soeben irgendeinen Erfolg verzeichnet.

Selbst wenn ich es versuchen würde, könnte ich mich gegen diesen Mann nicht zur Wehr setzen. Als mir dies bewusst wird, läuft mir ein Schauer über den Rücken und ich fange an, leicht zu zittern.

Offenbar hat Shane registriert, dass etwas nicht stimmt, und lässt mich herunter. Dann mustert er meinen Körper von oben bis unten, weil ich immer noch zittere.

«Alles in Ordnung?», fragt er schließlich. «Ist dir kalt?»

«Nein, es geht schon.» Auch ich bringe ihm mehr Freundlichkeit entgegen, da ich merke, dass ich ihm nicht entfliehen kann, selbst wenn ich wollte. Dieses Gefühl löst leichte Panik in mir aus.

«Na komm, den Rest des Weges schaffst du auch alleine.» Er

deutet mit einem Nicken auf das Auto, das nicht weit von uns entfernt parkt. «Ich bringe dich nach Hause.»

Ohne Widerrede folge ich seiner Aufforderung und bleibe vor der Beifahrertür stehen. «Bringst du mich jetzt in deinen Keller, wo du schon zehn andere Frauen eingesperrt hast? So dass man mich nie wieder findet.» Vergeblich versuche ich, mit Sarkasmus meine Angst zu verschleiern.

«Das war der Plan», grinst er verführerisch und dreht dabei mit zwei Fingern mein Gesicht zu ihm, um mir tief in die Augen zu sehen. Für ihn ist es nur ein Spiel. Er weiß nicht, wie ich mich fühle und wie gefährlich dies für mein Inneres ist.

Nach ein paar Sekunden lässt er von mir ab und geht zur Fahrertür, öffnet sie und setzt sich hinein. Erst nachdem er den Motor anlässt, erwache ich aus meiner Starre und fasse mir mit der Hand, an die Stelle, wo mein Herz sitzt. Ich kann fühlen, wie es immer noch vor Panik rast.

Kaum eingestiegen und angeschnallt, starre ich auf meine Füße, um wieder zu mir zu finden. Ich atme noch einmal tief durch, bevor ich den Kopf hebe und zu Shane sehe, der aus irgendeinem Grund noch nicht losgefahren ist.

«Ist wirklich alles okay?», fragt er, nun sichtlich besorgt.

Ich kann nur nicken, da mir zu mehr die Kraft fehlt.

«Ich wollte dir keine Angst einjagen. Tut mir leid.» Endlich hat er realisiert, dass mich seine Worte mehr erschütterten, als er es beabsichtigt hatte.

Während Shane losfährt, konzentriere ich mich darauf, meinen Atem wieder zu regulieren und die Angst zu vertreiben, die mir die Brust zuschnürt. Doch dann fällt mir wieder ein, wohin wir fahren und erneut drohe ich am Kloß in meinem Hals zu ersticken. Denn mein *Zuhause* ist der einzige Ort, an dem ich niemals sein will.

KAPITEL 2:
AN DER SEITE EINES MODELS

Shane

Als Leyla aussteigt, warte ich noch eine Weile ab, ob sie wirklich in das große Haus hineingeht. Es hat bestimmt um die zweihundert Quadratmeter.

Offenbar zieht sie oft mit Freundinnen um die Häuser, anstatt nach Hause zu fahren, und ist dann am Set nicht bei der Sache. Zumindest sind das die Worte ihres Managers, der mich angeheuert hat. Um ehrlich zu sein, ich wollte niemals einen Job annehmen, bei dem ich auf einen siebzehnjährigen Teenager aufpassen muss. Schon gar nicht auf eine junge Frau.

Bisher habe ich es immer vermieden, der Bodyguard einer Frau zu sein. Zumindest seit jenem Vorfall... Doch diesmal hatte ich keine Wahl. Schließlich hat *er* mich darum gebeten.

Früher war ich Polizist und mein damaliger Partner war etwa zwanzig Jahre älter als ich und total verliebt in die Schauspielerin Sheila Thompson, Leylas Mutter. Er hatte ihr einmal das Leben gerettet, als sie auf einer Bank war, um Geld einzuzahlen, die kurz darauf ausgeraubt wurde. Auch wenn die Beziehung der beiden nicht lange gehalten hat, weil sie von Grund auf verschieden waren, hat mein Freund sie aufrichtig geliebt.

Er sagte mir damals: «Wenn ich einmal nicht mehr bei der Polizei von L.A. arbeiten sollte, dann werde ich Bodyguard und schütze diese Frau und ihre Tochter mit meinem Leben.»

Zu dem Zeitpunkt wusste keiner von uns beiden, dass er bald wirklich mit seinem Leben bezahlen musste. Der Drogendealer, den wir damals hochgenommen hatten, erschoss ihn vor meinen Augen, als er *mir* das Leben rettete. Während ich versuchte, die Blutung zu stoppen, bat er mich, auf Sheila Thompson Acht zu geben.

Lange habe ich probiert, als Polizist einen neuen Partner zu finden, mit dem ich gut zusammenarbeiten konnte. Doch es war nicht dasselbe. Also machte ich die Ausbildung zum Bodyguard, um meinem Freund seinen letzten Wunsch zu erfüllen.

Da Sheila Thompson jedoch schon einen privaten Bodyguard hatte, nahm ich vorerst andere Aufträge an.

Erst als mein Boss beim letzten Briefing Leylas Nachnamen erwähnte, wurde mir klar, dass sie die Tochter von Sheila Thompson war. Das war auch der Grund, warum ich den Auftrag angenommen habe.

Dass Leyla jedoch eine Wahnsinnsfrau ist, hätte ich nicht gedacht. Sie hat einen wunderschönen Vorbau, einen tollen Hintern und eine hübsche Figur. Trotzdem wirkt sie nicht abgemagert, wie das leider bei vielen Models der Fall ist, sondern schlank. Athletisch.

Ihre langen schwarzen Haare fallen in Wellen bis zu ihrem süßen Hintern und schwenken hin und her, während ich ihr zusehe, wie sie zur Haustür geht. Als sie darin verschwindet, starte ich den Motor und fahre los. Normalerweise bringen mich Frauen nicht aus der Fassung. Schon gar nicht, wenn ich sie durch meinen Beruf kennenlerne. Doch bei Leyla ist das anders.

—

In meiner Maisonette-Wohnung angekommen öffne ich mir ein Bier und lasse mich auf dem Sofa von irgendeinem Actionfilm berauschen. Als mich dieser jedoch nicht von den Gedanken an dieses süße, sture und doch ängstliche Mädchen ablenken kann, beschließe ich, erst einmal kalt zu duschen.

Danach kann ich mein Bier genüsslich konsumieren. Ich stelle mich ans Fenster und genieße das Panorama der Stadt. Danach schalte ich den Fernseher erneut ein und zappe durch die Kanäle. Ich finde einen guten Film und versuche, mich voll und ganz darauf zu konzentrieren. Doch sobald die erste Frau auftaucht, sind meine Gedanken wieder bei Leyla. Ihre vollen Lippen vor mir, die ich nach unserer heutigen kleinen Hänselei zu gern geküsst hätte. Ich fahre mir mit der Hand übers Gesicht, um diese Eingebungen zu verwischen, und frage mich, ob es eine gute Idee war, den Job anzunehmen.

—

Heute konnte ich ein bisschen länger schlafen und frühstücke erst, als es schon fast Mittag ist. Später werde ich noch meine Schwester besuchen, doch eine Nachricht auf meinem Handy bringt meine Pläne durcheinander.

Hey Shane,
ich bin Claire, Leylas Assistentin. Matt hat mich gebeten, dir zu schreiben, wenn ich weiß, dass sie das Haus verlassen möchte, da sie dir wahrscheinlich nichts sagen wird. Und Matt möchte, dass Leyla deinen Schutz genießt.
Ich treffe mich um vierzehn Uhr mit ihr im Hollywood & Highland Center.
Vielleicht könntest du sie um halb zwei abholen?
Das wäre toll, danke. Dann bis später ;-)   Lg Claire

Ich muss den Besuch bei meiner Schwester wohl verschieben. Die Arbeit ruft.

Fertig gefrühstückt lege ich noch eine Trainingssession in meinem Fitnessraum ein, denn ich habe noch eineinhalb Stunden, bis ich Leyla abholen soll. Danach gehe ich duschen und zu meinem Kleiderschrank, um mir Jeans und T-Shirt zu holen. Schließlich will ich neben Leyla so normal wie möglich wirken. Mit einem Anzug würde ich erst recht Aufmerksamkeit auf uns lenken. Bloß meine Sonnenbrille darf nicht fehlen.

—

Bei Leylas Haus angekommen sehe ich, dass sie schon losgegangen ist. Ich fahre mit dem Auto näher heran und lasse das Beifahrerfenster herunter.

«Hey, kann ich dich mitnehmen?», frage ich mit einem verführerischen Ton in der Stimme. Doch sie zeigt mir nur die kalte Schulter und ignoriert mich gekonnt.

«Du weißt, dass ich dein Bodyguard bin und auf dich aufpassen muss?», erinnere ich sie an unsere berufliche Beziehung.

Sie gibt immer noch keinen Ton von sich und geht erhobenen Hauptes weiter. Damit fordert sie mich heraus. Ich stelle den Wagen auf Leerlauf, ziehe die Handbremse und steige aus. Auf dem Bürgersteig blockiere ich ihren Weg. Sie sieht mich kurz fragend an und will mich dann zur Seite schieben, indem sie ihre Hände gegen meine Arme drückt. Allerdings bewege ich mich keinen Millimeter.

Während ihr klar wird, dass sie nicht an mir vorbei kommt, greife ich blitzschnell nach ihrem rechten Arm und halte ihn fest. Ihren restlichen Körper und den linken Arm umschlinge ich, ziehe sie zu mir. «Wieder die harte Tour?», frage ich sie mit einem Grinsen, das auf mehr anspielen soll.

Plötzlich reißt sie vor Schreck die Augen auf, was mich selbst erstarren lässt. Noch nie habe ich so viel Angst in den Augen einer Schutzperson gesehen. Erst jetzt fällt mir auf, dass sich auch nie jemand so gewehrt hat, schon gar nicht gegen einen Bodyguard. Was auch immer ihr gerade durch den Kopf geht, es hat eindeutig nichts mit dieser Situation zu tun.

Gestern hat sie mich genauso ängstlich angesehen, als ich ihr so nahegekommen bin, dass sie nicht mehr ausweichen konnte. Hatte sie vielleicht ein schlimmes Erlebnis mit einem übergriffigen Kerl?

Langsam realisiere ich, dass sie leicht zittert, und ich lasse von ihr ab. «Bitte steig ins Auto.» Besser ich trete ihr von nun an höflicher entgegen.

Ohne Widerrede folgt sie meiner Aufforderung. Ich gehe auf die Fahrerseite und starte den Wagen. Mich plagt das schlechte Gewissen. Ich habe sie erneut in einen Schockzustand versetzt. Was geht nur in diesem Mädchen vor, dass sie solch eine Intimität, so aus der Fassung bringt?

—

Im *Hollywood & Highland Center* angekommen treffen wir auf Claire, die am vereinbarten Treffpunkt vor einem Laden für Geschenkartikel stöbert. Leyla rennt zu ihr und umarmt sie freundschaftlich.

«Hast du schon lange gewartet?», fragt sie besorgt.

«Nein.» Dann sieht Claire überrascht zu mir. «Oh, er hat dich wirklich abgeholt.»

«Ja, er konnte wohl nicht die Finger von mir lassen», lacht Leyla und spielt ihre Rolle überaus perfekt. Als sie mir ein Lächeln schenkt, das mir sagt, dass ich den Mund halten solle, gebe ich nach.

«Los komm, Shane», ruft mich schließlich Claire. «Du musst noch länger auf sie aufpassen. Denn jetzt gehen wir erstmal shoppen.»

Außer in den klimatisierten Geschäften gibt es hier nicht viel Abkühlung, denn das *Hollywood & Highland* ist kein geschlossenes Einkaufszentrum, sondern ein nach außen hin aufgefächerter, mehrstöckiger Gebäudekomplex. Es sieht aus wie ein riesiger Wohnblock. Überall entdecke ich Bodyguards, die ich aus meiner Agentur kenne, die einem Model, Filmstar oder Sänger hinterherschleichen und ihm oder ihr nicht von der Seite weichen. Vermutlich sehe ich genauso aus, wenn ich Leyla beschütze. Es allerdings von der anderen Seite auszumachen, ist amüsant.

Ich folge den beiden in zahlreiche Geschäfte und gebe, wenn ich danach gefragt werde, meine Meinung zu Handtaschen, Kleidern und Schuhen ab. Soeben fällt mir der zweite Grund ein, warum ich normalerweise nicht der Bodyguard für Frauen bin. Genau deswegen. In der Hoffnung, dass sie mich in keinen Beautysalon schleppen, oder wie das heißt, überstehe ich irgendwie, den Tag.

Trotzdem fällt mir auf, dass Leyla bei allen Anproben ihre dünne Leinenhose anbehält.

Ich weiß dank des gestrigen Shootings, dass sie wunderschöne Beine hat. Warum also diese Leinenhose? Auch Claire entgeht dies nicht.

«Willst du dir nicht mal die Hose ausziehen? Das Kleid sieht ohne bestimmt besser aus», lacht sie.

«Dann ist mir aber kalt. Ich finde, die Klimaanlage ist hier zu kühl eingestellt.» Als ihr Claire die Begründung nicht abkauft, fügt sie noch hinzu. «Und ich muss ja nicht immer perfekt aussehen. So hast du auch eine Chance herauszustechen.»

Wow. Das war ein Schlag in die Magengrube. Claires Gesichtsausdruck spricht Bände. Ich muss gestehen, damit habe ich nicht gerechnet, aber es ist das Erste, das ich heute amüsant finde.

«Ja ja, gib nicht so an», mosert Claire, die sich offensichtlich angegriffen fühlt. «Und du hör auf, so blöd zu grinsen», schimpft sie mich, da sie mein Schmunzeln bemerkt hat.

«Entschuldige», antworte ich perplex und höre ein Lachen von Leyla, das diesmal ehrlich klingt. Dieser Laut gefällt mir ausgesprochen gut.

Doch sofort ist sie wieder still, als Claire ihr einen giftigen Blick zuwirft. Mit den beiden wird es wohl nie langweilig. Ich schätze, dass Claire nicht viel älter ist als Leyla und sie sich deshalb, auch außerhalb der Arbeit, so gut verstehen.

Später, als ich gefühlte zehn Einkaufstüten trage, gehen wir ins *Johnny Rockets* auf einen Burger, denn auch ein Model darf sich hin und wieder etwas gönnen. Ich beschwere mich nicht, dass Leyla das Wort *Bodyguard* mit *Packesel* verwechselt hat. Aus irgendeinem Grund will ich ihr die gute Laune nicht verderben.

Während des Essens fragen immer wieder Fans nach Autogrammen, bis es mir zu viel wird, ich aufstehe und mich vor der Meute wie eine Wand aufbaue. Denjenigen, die sich trotzdem an mir vorbei trauen, um mit ihrem *Vorbild*, wie sie es nennen, zu sprechen, deute ich mit finsterem Blick und meiner Hand an, zu verschwinden und Leyla in Ruhe zu lassen.

Mittlerweile muss ich die Sonnenbrille aufsetzen, um seriöser zu wirken und den Girlies und auch manchen Kerlen, vor allem den Kerlen, ein bisschen Angst einzujagen.

Ernsthaft, die sollen Leyla in Ruhe lassen. Als hätte sie Interesse daran, was für ein Sexsymbol sie ist. Das ist einfach widerlich und anstößig. Und ich bin ein Mann, ich weiß genau, was die Typen denken.

Als ich diesen Job annahm, dachte ich, er würde leichter sein als die bisherigen oder wenigstens eine gute Abwechslung. Aber nein. Diese Frau zu beschützen, ist eine der größten Herausforderungen, vor denen ich je gestanden habe. Vor allem, weil sie mich nicht als Bodyguard anerkennt. Ich muss mir erst ihren Respekt verdienen, ich muss ihr beweisen, dass ich mehr draufhabe und sie beschützen kann, egal, was kommt.

Ich muss ihr demonstrieren, dass ich sie aus diesem selbstgewählten Gefängnis befreien kann, in dem sie offenbar steckt. Auch wenn Leyla versucht, ihre Gitterstäbe vor aller Welt zu verbergen.

Ganz gleich, was dieses Model hier abzieht, wie viele Leute sie in ihre Lügen einwickelt und wie sehr sie versucht, die Fassade aufrechtzuerhalten, ich habe sie durchschaut. Leyla Thompson ist kein unbeschwertes Model. Nein. In ihr steckt so viel mehr und sie scheint ein dunkles Geheimnis zu verbergen. Ein dunkles und vielleicht auch gefährliches Geheimnis.

—

Am späten Nachmittag fahre ich bei meiner Schwester Shanon vorbei, die im Zentrum von Hollywood wohnt, denn ich möchte endlich mal wieder meine Nichte besuchen.

Als ich bei ihr ankomme, will mir Shanon gleich ein Abendessen machen. Ich lehne dankend ab, da ich noch voll bin vom Burger, der keine zwei Stunden her ist.

«Jetzt erzähl», fordert meine Schwester und grinst verschwörerisch, während sie mir ein Getränk herrichtet und ich auf dem Sofa nebenan Platz nehme. «Wie waren die ersten Tage mit deinem Model?»

«Sie kann mich nicht leiden. Und sie ist nicht *mein Model*», erwidere ich und rolle mit den Augen. Meine Schwester und ihr Mann wissen nichts davon, dass ich diesen Auftrag nur aus einem bestimmten Grund angenommen habe.

«Hat sie sowas gesagt?»

«Nein, nicht direkt, aber ihre Blicke sagen es.»

«So schlimm wird es schon nicht sein.»

«Jetzt weiß ich wieder, warum ich normalerweise nur Männer beschütze. Sie sind so viel einfacher zu händeln als Frauen», ignoriere ich ihren Satz, woraufhin Shanon lachen muss. «Wo ist eigentlich Riley?», frage ich und sehe mich in der Wohnung um.

«Dave holt ihr gerade einen frischen Pyjama raus», antwortet sie, als wir meinen Schwager fluchen hören.

«Verdammt nochmal!» Er kommt in den Wohn- und Essbereich. Auf der linken Wange prangt ein blutiger Kratzer.

Meine Schwester läuft sofort mit einem Stück Küchenrolle zu ihm und tupft seine Wunde ab. «Du sollst doch nicht vor Riley fluchen, Dave. Und was ist denn passiert?»

«Das siehst du doch», gibt er genervt von sich.

«Ich verstehe das nicht», überlegt meine Schwester, warum sich ihre Tochter so abweisend verhält. «Bei Shane benimmt sie sich nie so.»

Ich habe mehrfach erlebt, dass Riley, wenn Dave ihr zu nahekommt, sie umarmen will oder ihr nur Sachen zum Anziehen raussucht, durchdreht und ihn von sich stößt. Dabei ist Dave der sanfteste und gelassenste Dad, den ich kenne. Er schimpft sie nicht einmal, ärgert sich nur über die Situation, so, wie gerade eben. Das Eigenartige an der Sache ist jedoch, dass sie das scheinbar nur bei ihrem Vater macht.

«Onkel Shane!» Riley kommt aus ihrem Zimmer gerannt, klettert zu mir auf den Schoß und fällt mir um den Hals. Sie kuschelt sich an meine Brust und ich streichle über ihren Kopf.

«Riley, was machst du denn mit deinem Papa?», frage ich mit einem Schmunzeln, da ich weiß, dass sie es nicht mit Absicht getan hat.

«Das wollte ich nicht.» Sie dreht sich zu ihm und sieht wirklich unschuldig aus. «Tut mir leid, Papa.»

Dave kann ihr nicht lange böse sein. Keiner von uns Männern kann das. Shanon hingegen ist da strenger.

«So, jetzt ab mit dir, Zähne putzen und danach gibt es noch eine Gute-Nacht-Geschichte.»

Riley lächelt, obwohl es sehr gekünstelt aussieht, und verschwindet dann im Bad. Die Kleine ist ein wirklich liebes Mädchen und ich mag meine Nichte, aber meine Schwester hat recht. Irgendetwas stimmt nicht.

«Ich glaube», beginnt Shanon seufzend, «wir sollten die Psychiaterin fragen, zu der wir Riley seit kurzem schicken, ob sie etwas in Erfahrung gebracht hat. Auch wenn sie meinte, dass wir uns gedulden müssen und es ein paar Sitzungen benötigt.»

«Ja. Das ist eine gute Idee, Schatz. Vor allem will ich nicht, dass mich meine Tochter immer wegstößt, als hätte ich ihr sonst was getan.»

Da kann ich den beiden nur zustimmen.

Dann geht Shanon zu Rileys Zimmer und Dave setzt sich zu mir auf die Couch, während ich überlege, was diese Reaktionen auslösen könnte. Ich arbeite seit ein paar Jahren als Bodyguard und war davor Polizist. In meinem Beruf lernt man nicht nur, sich selbst und andere zu verteidigen, sondern auch die Körpersprache seines Gegenübers zu analysieren. Und wenn ich mir meine Nichte und die Reaktionen auf Dave ansehe, habe ich bereits eine Ahnung. Doch bevor ich voreilige Schlüsse ziehe, muss ich mehr Informationen sammeln.

Eines steht fest. Ich werde Dave in nächster Zeit genau im Auge behalten. Denn auch wenn ich es ihm nicht zutraue, steckt wahrscheinlich er selbst dahinter. Vor seiner Frau kann er die Fassade zwar aufrechterhalten, aber vor mir wird ihm dies nicht gelingen. Und wenn ich erst herausgefunden habe, dass meine Vermutungen stimmen und ich Beweise gegen ihn habe, dann wird sich für meine Schwester und Riley einiges ändern.

KAPITEL 3:
EIN GEHEIMNIS WAHREN

Leyla

Zum Glück habe ich noch einen Tag, bis mein nächster Modelauftrag ansteht. Als mich mein Bodyguard gestern vom Einkaufen nach Hause gebracht hat, hatte er den Anstand, mir nicht bis ins Haus zu folgen, denn als ich die Tür öffnete, wartete mein Stiefvater schon auf mich. Auch wenn ich es geschafft habe, die Schwellungen mit einem Eisbad zu mildern, spüre ich noch überall die blauen Flecken. Diesmal hat er wieder den Lederriemen des Gürtels benutzt. Die Schmerzen sind schier unerträglich und es werden nicht nur blaue Flecken bleiben, sondern auch Striemen und aufgeplatzte Haut.

Bisher hat er mir den Gefallen getan, nur meine Beine zu attackieren, sodass ich die Wahrheit hinter langen Röcken oder Stoffhosen verstecken kann. Was manchmal nicht so einfach ist, da es in Los Angeles meist sehr heiß ist und ich einige verwunderte Blicke auf mich ziehe.

Meine Ausreden, von wegen ich sei hingefallen oder gegen etwas gerannt, funktionieren schon lange nicht mehr. Vor allem, weil mein Stiefvater seit zwei Tagen auf meine Arme zielt. Oder meinen Rücken.

Einmal habe ich in einem Film gesehen, wie jemand ausgepeitscht wurde und bin so sehr in Tränen ausgebrochen, dass mir beinahe die Luft wegblieb. Weil ich ganz genau weiß, wie sich diese Schmerzen anfühlen. Weil ich ganz genau weiß, dass dies ein Erlebnis ist, dass man nie wieder vergessen kann.

Während ich versuche, meine Leinenhose anzuziehen, ohne dass mir die Tränen kommen, öffnet mein Stiefvater die Tür zu meinem Zimmer. «Na, wo willst du denn hin?», fragt er mit diesem gehässigen Grinsen. Seine strähnigen, schulterlangen Haare fallen ihm dabei ins Gesicht. Er kennt die Antwort bereits. Hinaus. Ich will einfach nur raus.

«Ich besuche Violet. Ich gehe mit ihr auf einen Eiskaffee.» Ich dränge mich an ihm vorbei, um aus meinem eigenen Zimmer zu entkommen.

«Um neunzehn Uhr bist du wieder zurück.» Er packt mich am Arm und grinst gehässig. Aber ich wende den Blick ab, reiße mich los, schnappe mir meine Handtasche und verschwinde.

Als ich es aus der Haustür geschafft habe, drehe ich mich noch einmal um, um sicher zu sein, dass er mir nicht folgt. An manchen Tagen läuft er mir nach, versucht, mich zurückzuhalten. Natürlich nur, wenn sonst keiner auf der Straße ist, denn dann würden sie Verdacht schöpfen.

Ein letztes Mal suche ich nach seiner erbärmlichen Visage. Ein Glück, er ist nicht hinter mir her. Nicht heute. Ich atme tief ein und aus, um meinen Puls zu beruhigen.

—

Da ich viel zu früh dran bin, beschließe ich, meine Mutter zuvor im Krankenhaus zu besuchen und nach ihr zu sehen. Danach kann ich mit Violet gemeinsam zum Café zu fahren, von ihrer Schule aus. Da ich den Führerschein bereits habe, bin ich mit dem Auto unterwegs, das mir meine Mutter zu meinem sechzehnten Geburtstag geschenkt hat. Ich bin mir darüber im Klaren, dass ich meinem Bodyguard Bescheid geben sollte, wenn ich das Haus verlasse und er mich fahren sollte. Doch ich habe nicht vor, Shane anzurufen. Sein Blick hat mir die letzten Male schon gezeigt, dass er irgendwas vermutet. Und einen Body-guard, der mich verrät, weil er mich unbedingt beschützen will, brauche ich definitiv nicht.

Im Hospital angekommen suche ich sogleich ihr Zimmer auf. Die Schwestern und Ärzte wissen, bereits wer ich bin. Ich kenne das Prozedere schon und ziehe den Kittel an, den sie mir anbieten. Danach darf ich zu meiner Mutter auf die Intensivstation. In kurzen Sätzen erzähle ich ihr die Neuigkeiten, auch wenn sie mich vielleicht nicht hört. Ich berichte von meinem Stiefvater und was mit ihm passiert ist, seit sie nicht mehr bei uns ist, meinen Jobs als Model und Schauspielerin und auch von meinem neuen Bodyguard. Was würde sie wohl zu ihm sagen?

Mir bleibt keine Zeit darüber nachzudenken, denn ich muss den Raum wieder verlassen.

«Bis bald Mum.» Ich schenke ihr einen letzten Luftkuss, drehe mich zur Tür und mache mich auf den Weg zu Violets Schule.

Auch wenn die Sommerferien gerade angefangen haben, hat Violet noch ein paar letzte Arbeiten zu erledigen, bevor sie sich den wohlverdienten Urlaub gönnen kann. In der Elementary School angekommen, gehe ich zu Violets Klassenzimmer. Mit fünfundzwanzig hat sie erst vor Kurzem ihren Abschluss gemacht und arbeitet hier ganz frisch als Lehrerin.

Violet und ich haben uns vor einem Jahr beim Yoga kennengelernt. Seit meine Mutter im Koma liegt, versuche ich, so wenig wie möglich, zu Hause zu sein. Yoga ist eine tolle Art, ein bisschen runterzukommen.

Violet kennt mein Geheimnis nicht und das soll weiterhin so bleiben. Aber mit ihr auf einen Kaffee oder ein Eis zu gehen oder einfach zu quatschen, ist die nötige Ablenkung, die ich brauche. Von zuhause und auch vom Job.

Ich habe nicht viele Freunde. Um genau zu sein, sind Violet und Claire die einzigen. In der Schule halte ich zu allen den nötigen Abstand. Zum einen, da die meisten nur das Model in mir sehen und ihre eigene Chance auf eine Karriere in der Modebranche wittern. Zum anderen will ich nicht, dass jemand auf die Idee kommt, mich zuhause zu besuchen, um gemeinsam zu lernen oder so. Das kommt auf keinen Fall infrage.

Da die Tür zum Klassenraum noch geschlossen ist, lehne ich mich an die Wand daneben und scrolle durch die Social Media-Apps auf meinem Handy. Haufenweise Nachrichten und Kommentare von Leuten, die ich nicht kenne. Matt hatte wohl recht, meine Fans werden immer mehr.

Als ich auf ein paar nette Mitteilungen antworten will, geht plötzlich die Tür neben mir auf und ein kleines blondes Mädchen läuft aus dem Zimmer.

«Riley, warte.» Ein Mann folgt ihr und versucht, sie noch am Arm zu erwischen. Fehlanzeige. Die Kleine ist echt schnell. Kurz starre ich verwirrt hinterher, bis ich mich wieder fange und das Klassenzimmer betrete. Darin steht eine Frau mit dunklen längeren Haaren, die ungefähr dreißig sein dürfte. Sie lächelt Violet freundlich entgegen. Doch ihre restliche Körpersprache sagt mir, dass sie sich bei dem Gespräch nicht wohl fühlt. Ihre Arme umschließt sie mit ihren Händen, als bräuchte sie irgendwo Halt und auch wenn ihr Gesicht sympathisch wirkt, zeichnet sich in ihren Augen Sorge ab.

«Ich danke Ihnen für Ihre Zeit, Mrs Crown», sagt jetzt Violet und reicht ihr die Hand zum Abschied. «Ich hoffe, Riley geht es bald besser.»

«Ja, das hoffen wir auch.» Die Frau bedankt sich noch einmal bei Violet für das Gespräch und wendet sich dann zum Gehen. Als sie mich erblickt, bleibt sie kurz überrascht stehen, dann schenkt sie mir ein Lächeln und verlässt den Klassenraum.

Hat sie mich erkannt? Vielleicht ist sie auch ein Fan. Ich gehe zu Violet und umarme sie zur Begrüßung. «Bereit für den Eiskaffee?»

«Du hast keine Ahnung, wie bereit. Den brauche ich jetzt dringend», seufzt sie, während sie ihre Tasche packt.

«Wow. War das Gespräch so schlimm?»

Wir gehen aus dem Klassenzimmer und sie schließt ab. «Ich erzähle es dir, wenn wir im Café sind.» Dann sieht sie an mir hinunter. «Ist dir nicht heiß in der langen Hose? Es hat um die dreißig Grad.»

«Nein, das passt schon. Ich finde es so angenehm.»

«Okay.» Violet gibt sich damit zufrieden und wir gehen zu meinem Auto.

Ich bin wirklich froh, dass sie keine Fragen stellt. Ich mag sie, aber niemand darf von meinem Geheimnis erfahren. Es steht zu viel auf dem Spiel. Wenn die Wahrheit ans Licht kommen würde, wäre das das Ende meiner Karriere. Doch nicht nur das, auch der Ruf meiner Mutter würde dadurch gefährdet werden. Die Medien würden sich den Mund über uns zerreißen. Was meine Mutter für eine schreckliche Frau sei, dass sie so einen Mann geheiratet hat. Immerhin bin ich Model und Schauspielerin und mein Aussehen ist das Wichtigste an mir. Das würde einen Skandal auslösen und diesen Stoff liefere ich weder den Medien noch meinen Fans, die bestimmt bitter enttäuscht wären.

Vor allem will ich damit auch meinen Stiefvater schützen. Ich weiß, dass ihn der Unfall meiner Mutter mitgenommen hat und er sich deshalb so verändert hat. Natürlich bedeutet das nicht, dass ich ihm die letzten Monate verzeihe. Dennoch will ich nicht, dass er ins Gefängnis kommt. Immerhin ist er mein Vormund, bis ich achtzehn bin und derjenige, der dafür sorgt, dass meine Mutter weiterlebt, da er im Moment das Geld meiner Mutter verwaltet und ihre Krankenhauskosten bezahlt. Ich habe niemanden, der mich aufnehmen würde, zudem denke ich, dass es noch Hoffnung für ihn gibt. Vielleicht kommt er irgendwann zur Einsicht.

Ich habe Angst vor meinem Stiefvater, aber ich hasse ihn nicht. Meine Liebe für ihn ist jedoch vor langer Zeit erloschen.

—

Im *Capital One Café* angelangt, das sich im *Hollywood & Highland* befindet, nimmt Violet einen großen Schluck von ihrem Eiskaffee und stellt das Glas vorsichtig vor sich ab.

«Alles okay?», frage ich, weil ich mir langsam Sorgen mache. Ich habe sie nach einem Arbeitstag noch nie so niedergeschlagen erlebt.

«Ja. Also, nein.» Sie rückt näher an mich heran. «Kannst du ein Geheimnis bewahren?»

«Was?» Sie bringt mich mit dieser Frage kurz aus der Fassung. Doch damit spielt sie nicht auf mich an. «Natürlich.» Ich lehne mich zu ihr vor.

«Es geht um Riley, das Mädchen, das rausgerannt ist, kurz bevor du das Klassenzimmer betreten hast.» Ich nicke und warte darauf, dass sie fortfährt. «Ein Junge aus der Klasse hat ihr vor den Ferien gesagt, dass er sie mag und hat ihr einen Kuss auf die Wange gegeben. Daraufhin ist Riley völlig ausgerastet, hat auf ihn eingeschlagen und Sachen durch die Gegend geworfen.»

«Was? Die Kleine?» Ich bin schockiert.

«Ja. Und das ist in den letzten Wochen schon zwei Mal vorgekommen. Immer, wenn ein Junge nett zu ihr sein wollte, ihr bei irgendwas geholfen hat oder weil wir ein Spiel vollzogen haben, bei dem sich alle an den Händen fassen, ist sie immer ausgeflippt.»

«Das ist ungewöhnlich», bemerke ich.

«Ja. Dass ein Mädchen in dem Alter sich vor Berührungen von Männern oder Jungen fürchtet, das ist nicht normal. Es ist ja nicht so, dass sie schüchtern wäre.» Violet saugt kurz an ihrem Strohhalm. «Ich sage dir, da stimmt etwas nicht.»

«Kann sein. Was sagen ihre Eltern dazu?»

«Nun, ihren Vater scheint sie genauso abzulehnen. Letztens hat sie ihn sogar so gekratzt, dass er jetzt eine Kruste davon hat. Das hat mir zumindest Mrs Crown, also Rileys Mutter, erzählt.»

«Wow. Da wird dir ja nicht langweilig im Job.» Auch ich nehme einen Schluck von meinem Eiskaffee, der eine beruhigende Wirkung auf mich hat. Einfach nur dieses kalte Getränk genießen.

«Weißt du, Leyla, ich will nicht auf häusliche Gewalt schließen, aber ich denke, dass der Vater etwas damit zu tun hat.»

Plötzlich fällt mir mein Glas aus der Hand, prallt auf der Tischkante ab und zersplittert am Boden. Ich sehe erschrocken an mir hinab. Ich habe nur ein paar Spritzer abbekommen, doch der restliche Kaffee verteilt sich auf Tisch und Boden. Überall liegen Glasscherben.

Ein Kellner eilt zu uns, sammelt das kaputte Geschirr ein und wischt den Kaffee und das Eis weg.

«Es tut mir leid», entschuldige ich mich aufrichtig und entdecke, dass uns die Gäste des Cafés anstarren. Ich habe es wieder geschafft, die ganze Aufmerksamkeit auf mich zu ziehen.

«Tut mir wirklich leid», wiederhole ich mich.

«Schon gut, kein Problem. Soll ich Ihnen einen neuen Eiskaffee bringen?», fragt der Kellner höflich.

«Ja, gerne. Vielen Dank.» Natürlich werde ich die neue Bestellung auch bezahlen und ihn später noch fragen, wie viel er für das kaputte Geschirr bekommt. Aber mich hat das Schicksal dieses Mädchens zu sehr an mein eigenes erinnert und dadurch für einen Aussetzer gesorgt.

«Ist alles in Ordnung?», fragt nun Violet.

«Ja. Ich habe nur ein paar Spritzer abbekommen.»

«Das meine ich nicht.» Sie mustert mich und versucht scheinbar, meine Reaktion zu analysieren.

«Ach das. Ich habe mich nur erschreckt, weil ich nicht damit gerechnet hatte, dass der Vater daran Schuld sein soll.»

«Genau kann ich es natürlich auch nicht sagen, aber ihre Mutter meinte, dass sie Riley bereits zu einer Psychiaterin schicken. Möglicherweise erzählt sie dort mehr. Hoffen wir es einfach.»

Violet starrt nachdenklich in ihr Glas und ich überlege auch, woran dieses Verhalten liegen könnte. Nicht, weil mich die Geschichte dieses Mädchens so interessiert, sondern weil ich es nachempfinden kann.

Jedoch fällt mir auf, dass Riley weder blaue Flecken an ihren Armen noch Beinen hatte oder Stellen, die geschwollen wirkten. Sie trug ein Sommerkleidchen und das verdeckt Spuren von Gewalt definitiv nicht. Auch bin ich mir sicher, dass ihre Mutter oder gar ihr Vater sie nicht geschminkt haben, um die Bereiche zu verdecken, so, wie ich es oft mache. Denn das muss man können. Hätte ich das Schminken nicht gelernt, würde es nicht funktionieren, ganz gleich, wie viel Make-up ich darüber schmiere. Es dürfte also nicht daran liegen, dass sie geschlagen wird. Es muss einen anderen Grund haben.

«Weißt du, was das Eigenartigste ist?», holt mich Violet aus meinen Gedanken. «Bei ihrem Onkel scheint sie sich wohlzufühlen. Er ist scheinbar der einzige Mann, bei dem sie körperliche Nähe nicht scheut.»

«Ihr Onkel?», denke ich laut.

«Ja. Der Bruder von Mrs Crown.»

Nachdenklich lege ich zwei Finger an mein Kinn und starre auf den Boden, während mir der Kellner den neuen Eiskaffee hinstellt. «Oh, danke.» Ich blicke wieder auf und er hält mir ein T-Shirt sowie einen Stift hin.

«Wäre es möglich, ein Autogramm zu bekommen? Meine Tochter ist ein Riesenfan. Für Eva, bitte.»

Etwas überrascht nehme ich das T-Shirt mit dem Logo des Coffeeshops und den Stift und unterschreibe. «Klar. Das ist das Mindeste, das ich tun kann.» Lächelnd gebe ich ihm das Kleidungsstück zurück. Er verabschiedet sich mit einem Nicken und geht wieder seiner Arbeit nach.

Doch ehe ich mich versehe, stehen weitere Fans neben mir und halten mir Fotos und Zeitschriften unter die Nase, auf denen ich abgebildet bin. Ihr erwartungsvolles Lächeln spricht Bände.

«Tja, Leyla. Vielleicht hättest du den Bodyguard doch mitnehmen sollen.»

Ich hatte Violet in unseren Nachrichten schon darüber informiert, dass ich einen Bodyguard habe. Sie hatte sich zwar gefreut, dass sie ihn heute kennenlernen würde, doch ich habe ihm einen freien Tag gegönnt. Der Kerl muss wirklich nicht überall dabei sein.

«Ist schon okay.» Ich grinse, obwohl ein paar von den Leuten aufdringlich dicht herankommen und ich ihren warmen Atem spüren kann. Vielleicht wäre ein Bodyguard wirklich keine schlechte Idee.

«So das reicht», beginnt schließlich Violet, die Fans zu verscheuchen wie die Vögel. «Noch nie etwas von Privatsphäre gehört? Also verzieht euch. Besucht ihre nächste Modenschau oder seht euch einen ihrer Filme an.»

Genervt lösen sich die Fans auf und setzen sich wieder an

ihre Tische. Erleichtert atme ich auf und lasse mich in den Stuhl plumpsen.

«Leyla?», erklingt plötzlich eine Männerstimme, wie eine dunkle Prophezeiung. Ich drehe meinen Kopf nach links und sehe ihn. Er steht an der Kasse, mit einem Coffee-to-go-Becher in der Hand. Shane.

Ich meine, ernsthaft, kann er sich kein anderes Café in Los Angeles suchen? Es gibt genügend. Nein, es muss natürlich ausgerechnet das Stammcafé von Violet und mir sein. Oder wusste er das? Hat er das vielleicht in den Akten gelesen, die er über mich bekommen hat?

«Ich dachte, du wärst zuhause. Was machst du hier?»

Shane steht mittlerweile neben mir und sieht mich vorwurfsvoll an.

«Einen Eiskaffee trinken, mit einer Freundin. Siehst du doch», erläutere ich das Offensichtliche.

«Aber es wäre meine Aufgabe gewesen, dich hierher zu bringen. Wenn du nicht zu Hause bist, habe ich nicht frei.»

So schnell kann ich nicht reagieren, da schnappt er sich einen Stuhl und setzt sich zu uns. «Also worüber redet ihr gerade?»

Ich sitze mit offenem Mund da und bin tatsächlich mal sprachlos. Violet hingegen nutzt die Gelegenheit, um ihn kennenzulernen.

«Hey, ich bin Violet, Leylas beste Freundin. Du musst ihr Bodyguard sein. Wie ich sehe, fackelst du nicht lange. Das gefällt mir.» Sie hebt die Augenbrauen ein paar Mal und will damit wohl ihr Interesse bekunden.

«Shane», antwortet er. «Und ich fange nichts mit Freundinnen meiner Aufträge an, also spar dir die Schmeicheleien.»

Autsch. Das ging daneben. Ich kann sehen, wie Violet vor Wut rot anläuft, sie ihm jedoch, freundlicherweise, keine knallt.

«Das waren keine Schmeicheleien. Bilde dir bloß nichts ein», wirft sie ihm an den Kopf und steht auf. «Ich muss ohnehin kurz wohin, dann kannst du mit deinem ‹Auftrag› alleine reden.»

Genervt schreitet sie erhobenen Hauptes davon und ich beiße mir auf die Unterlippe, weil ich genau weiß, das ich mir nachher noch anhören darf, was für ein unhöflicher und arroganter Mistkerl mein Bodyguard doch ist.

«Du hättest mich anrufen sollen. Du weißt, dass ich auf dich aufpassen muss.» Shane wendet sich nun mir zu und ignoriert Violets Abgang.

«Und du hättest höflicher sein können. Sie ist meine beste Freundin.»

«Entschuldige, aber ich verliere meinen Job, wenn dir etwas passiert.»

Er entschuldigt sich und wechselt das Thema noch im selben Satz. Respekt.

«Ja, ich weiß, denn ich bin ja nur dein ‹Auftrag›.»

Ein tiefer Seufzer seinerseits folgt und er rückt an mich heran, wobei er aus Versehen mit seinem Fuß mein Bein berührt.

«Autsch.» Ich zwicke die Augen kurz zusammen und presse meine Lippen fest gegeneinander, obwohl ich am liebsten vor Schmerzen aufschreien will.

«Oh, sorry.» Shane rückt ein Stück weg, wirkt jedoch verwundert über meine Reaktion, da er mich nur leicht gestreift hat. «Hör zu, Leyla. Ich habe gesehen, wie dich deine Fans eingenommen haben und wenn Violet nicht gewesen wäre, wer weiß, ob sie dich dann in Ruhe gelassen hätten. Ich bin für deine Sicherheit verantwortlich und ich will dich beschützen. Aber wenn du mir nicht sagst, wann du das Haus verlässt, dann kann ich nicht für dich da sein, wenn du mich brauchst.»

Obwohl ich ihn nicht an mich heranlassen wollte, gehen mir Shanes Worte näher als erwartet. Es ist, als wüsste er genau, was er sagen, wie er sich bewegen oder reden sollte, um mich innerlich zu berühren. Vielleicht hat er mich längst durchschaut, auch wenn er sich davon nichts anmerken lässt. Seine Art hat eine Wirkung auf mich, die ich nicht beschreiben kann. Es ist etwas Ungewohntes, ich weiß noch nicht, ob es gut für mich ist oder nicht. Eines steht jedenfalls fest: Shane erinnert mich immer daran, wer ich bin und wo mein Platz ist. Auf eine sanfte und ganz eigene Art.

Wenn ich so darüber nachdenke, egal, ob vor den Fans oder zu Hause, hätte ich gerne jemanden, der für mich da ist und mich vor all dem beschützt.

KAPITEL 4:
ERSTE ANZEICHEN

Shane

Seit unserem Gespräch im Café sind ein paar Wochen vergangen. Ich habe Leyla damals in meinem Wagen mitgenommen, da sie mit ihrem eigenen Auto wahrscheinlich nicht direkt heimwärts gefahren wäre. Widerwillig habe ich Leyla ihren Autoschlüssel abgenommen und einem Kollegen ausgehändigt, der dies zu ihrem Haus gebracht hat.

Leylas Freundin, die mich offenbar nicht leiden kann, musste ohnehin noch etwas erledigen. Ob es eine Ausrede war, weil sie mir aus dem Weg gehen wollte und ich mit Sicherheit nicht mehr von Leylas Seite gewichen wäre, kann ich nicht sagen. Ist mir eigentlich auch egal.

Auch Leyla ist ein bisschen lockerer geworden. Wenn ich sie zu ihren Shootingterminen oder Werbespotaufnahmen abgeholt habe, ist sie brav eingestiegen und hat sich nicht beschwert. Ebenso hat sie sich nach den Fotosessions dafür bedankt, dass ich gewartet habe oder dass ich sie nach Hause bringe. Alles in allem läuft der Job im Moment wirklich gut und ich finde es zum ersten Mal erfrischend, eine Frau zu beschützen. Vor allem, wenn es eine Frau wie Leyla ist. Sie sieht nicht nur äußerlich echt scharf aus, sondern weiß auch ganz genau, was sie will. Das ist eine Eigenschaft, die ich unwiderstehlich finde.

«Hey Bodyguard.» In der Pause des heutigen Shootings kommt Leyla zu mir. «Ungefähr eine halbe Stunde brauchen wir noch, dann können wir fahren.»

«Gut.» Ich grinse herausfordernd, weil ich merke, dass sie noch was will.

«Wo hast du denn deine Sonnenbrille gelassen? Ist ja ganz ungewohnt», scherzt sie.

«Die liegt im Wagen.» Ich sage ihr nicht, dass ich mit Brille bei den speziellen UV-Licht-Aufnahmen kaum die Hand vor Augen sehe.

Plötzlich kommt sie mir verdächtig nah und mustert mein Gesicht, sodass ich einen Schritt zurückmache. Ihre Nähe bringt mein Herz zum Pochen und löst ein eigenartiges Gefühl in mir aus.

«Rasiert hast du dich auch.» Mit einem Augenzwinkern geht sie wieder ans Set und ich bleibe leicht verwirrt zurück.

Was war das denn? Oft erstarrt sie, wenn ich sie nur falsch ansehe oder gar berühre, und auf einmal macht sie mir Komplimente und schenkt mir ein verführerisches Lächeln. Diese Frau bringt mich noch um den Verstand.

Hat sie in den letzten Wochen etwa Vertrauen zu mir aufgebaut? So oder so, ich sollte mich nicht auf das Spiel einlassen, denn das könnte mich meinen Job kosten. Auch wenn sie vielleicht darauf abzielt. Oh nein, so leicht wird sie mich nicht los.

Die letzte halbe Stunde setze ich mich zu Matt, der an einer Sofalandschaft arbeitet, und beobachte Leyla, wie sie ihren Körper in verschiedenen Bademodenoutfits präsentiert und ganz genau weiß, wie sie sich in Szene setzen muss, um auf dem Foto erotisch zu wirken.

Auch mir ist schon um einiges wärmer geworden und das liegt nicht daran, dass es Sommer ist. Ich sehe zu Matt und frage mich, ob es ihm auch so ergeht. Doch er konzentriert sich darauf, Leylas nächste Termine auszumachen, denn er hängt nur am Handy. Der Typ, der für die Beleuchtung verantwortlich ist, denkt wiederum nur an das eine. Als ich ihn mustere, richtet er seine Hose, um eine Beule zu verbergen. Es ist mir so zuwider, dass ich am liebsten aufstehen und ihn rausschicken würde. Doch das kann ich nicht, das darf ich nicht.

Der Kerl in Badehose, der auf Leyla zusteuert, scheint wohl ihr Modelpartner zu sein, hat auch alle Mühe, seine Erektion zu verbergen. Eines steht fest: Sollte er es wagen, sich an Leyla zu reiben, werfe ich ihn hochkant raus und mache ihm mit meiner Faust klar, dass er Leyla respektvoll behandeln soll.

«Wow. Du kannst ja richtig grimmig schauen», bemerkt Claire neben mir, die sich auch zu uns gesellt hat. «Wird wohl das Bodyguardgen sein», scherzt sie.

Sprachlos überlege ich, warum mich diese Situation so stört. Eigentlich kann es mir egal sein, mit wem Leyla Fotos macht. Immerhin ist es ihr Job. Doch der Typ widert mich an, ebenso wie die meisten von Leylas männlichen Bewunderern. Ich kann nicht sagen, warum, aber ich will nicht, dass sie Leyla für ihre dreckigen Fantasien sexualisieren, auch wenn sie auf Zeitschriften und Modemagazinen in Bademode oder gar Unterwäsche abgebildet wurde.

«Ich warte draußen», antworte ich, stehe schließlich vom Sessel auf und verlasse den Raum. Ich kann förmlich spüren, wie Claires und Matts Blicke mir folgen, jedoch werde ich mich nicht umdrehen. Wenn ich das tue, müsste ich wirklich Badehosenboy eine verpassen. Einfach dafür, dass er seine Männlichkeit nicht verbergen kann und bei Leylas Anblick so reagiert.

Wem mache ich eigentlich was vor? Sie ist mehr für mich als nur mein Auftrag. Ihr Wohl liegt mir wirklich am Herzen und ich könnte es mir nie verzeihen, wenn ihr etwas zustoßen würde. Deshalb muss ich immer bei ihr sein, in ihrer Nähe. Um ihr den Schutz zu bieten, den sie braucht. Ob als Bodyguard oder jemand, dem sie wichtiger geworden ist als das eigene Leben.

Einige Minuten später kommt Leyla in einem Bademantel gehüllt zu mir ins Freie. «Hey Bodyguard. Darfst du mich da drinnen wirklich alleine lassen?», scherzt sie, was ich jedoch nicht witzig finde. Sie deutet meine düstere Miene richtig und wird sofort ernster. «Ist alles okay?»

Ich nicke einmal. «Bist du fertig für heute?», frage ich, um das Thema zu wechseln.

«Bist du sicher? So einen finsteren Gesichtsausdruck habe ich bei dir noch nie gesehen. Nicht so.»

Sie lässt wohl nicht locker. «Das heißt, ja?» Ich ignoriere schlicht ihre Gegenfrage.

«Schon gut. Eigentlich wollte ich mit Logan noch was Essen gehen. Er bringt mich auch nach Hause. Ist das in Ordnung?»

«Logan?»

«Ja, mein Fotoshootingpartner.»

«Der Kerl in der zu engen Badehose», murre ich und offenbare damit meine nicht gerade hohe Meinung von ihm. Doch Leyla wartet geduldig auf meine Antwort.

«Gut, ich bringe euch hin.»

«Nicht nötig. Er hat einen Fahrer.»

«Schön, dann hat der jetzt frei. Ich fahre euch.»

«Aber...» Ein ernster Blick reicht, damit sie widerwillig nickt. Ich werde auf keinen Fall zulassen, dass der Kerl eine Sekunde mit ihr alleine verbringt.

«Gut, ich gebe ihm Bescheid.»

—

Einige Zeit später muss ich mit dem Schlaf kämpfen. Wir sind ins *Hard Rock Cafe* am Hollywood Boulevard gefahren. Da Logan scheinbar schon einen Tisch bestellt hatte, mussten sie nicht lange warten und wurden von keinen Fans belagert. Ich habe mich zwar an die Bar gesetzt, um ihnen ein bisschen Privatsphäre zu lassen, doch ich kann alles hören. Der Typ erzählt lediglich langweiliges Zeug über sich selbst, sodass ich mich nicht mehr lange wachhalten kann.

«Und gestern», berichtet Logan, «bekam ich einen Papagei auf die Schulter gesetzt, um Karibikfeeling im Werbespot darzustellen. Doch dieser Vogel hat mich die ganze Zeit ins Ohr gepikt und mich beleidigt. Keine Ahnung, wo er diese Schimpfwörter gelernt hat. Ich habe ihm dann beigebracht, dass sich das nicht gehört.»

«Das war bestimmt nicht leicht», schmeichelt ihm Leyla.

«Nein, aber ich habe es bis zum Ende durchgezogen. Wenn ich meine Bauchmuskeln zeige, sind meine Fotos immer unwiderstehlich.»

Ich muss mich gleich übergeben, diese Selbstverliebtheit löst Brechreiz aus. Dass Leyla dabei so begeistert nicken und lächeln kann, wundert mich. Hat sie etwa Interesse an dem Kerl? Ich hoffe nicht, denn er wirkt ziemlich oberflächlich. Er würde nicht verstehen, was in ihr vorgeht. Er würde sie nicht verstehen.

Während ich darüber grüble, nimmt eine hübsche Blondine neben mir an der Bar Platz und lächelt mich an. «Bist du ganz alleine hier?» Bevor ich antworten kann, umschließt sie mit ihrer Hand meinen Bizeps. «Wow. Das sind ja viele Muckis.»

Ihr gefällt deutlich, was sie sieht. Da ich jedoch im Dienst bin und absolut kein Interesse habe, schüttele ich sie wieder ab, indem ich meinen Arm hebe und mich seitlich drehe, sodass ich Leyla wieder voll im Blick habe. «Sorry, keine Lust.»

Ich kann ihren beleidigten Ausdruck auf mir spüren, wende mich jedoch nicht um, bis ich den Barhocker quietschen höre sowie ihre Schritte, die sich entfernen.

Kurz sehe ich über die Schulter und zucke dann zusammen, als ich merke wie Leyla mich analysiert. Sie schenkt mir ein freundliches Lächeln und hört dann wieder gespannt «Badehosen-Logan» zu.

—

Nach gefühlten zehn Stunden, auch wenn es in Wirklichkeit nur zwei waren, verlassen wir endlich die Bar und ich bin froh, diesen Kerl nicht mehr reden zu hören.

«Also, meine Schöne.» Der Typ wickelt tatsächlich Leylas Haarspitzen um seinen Finger. «Bekomm ich noch einen Gute-Nacht–Kuss?» Er zieht sie zu sich und umklammert mit der anderen Hand ihr Bein, um sie fest im Griff zu haben.

Da in ihrem Blick nur Angst lodert, schreite ich ein.

Blitzschnell packe ich ihn am Arm, ziehe ihn zu mir, drücke ihm einen Kuss auf die Wange und stoße ihn wieder von mir. «Gute Nacht» sind die einzigen Worte, die danach meinen Mund verlassen.

Kurz ist Badehosen-Logan sprachlos, dann wischt er sich angeekelt über die Stelle, wo ich ihn geküsst habe, und lässt von Leyla ab. «Dein Bodyguard hat sie nicht mehr alle», bemerkt er noch, bevor er sein Handy zückt und seinen Fahrer anruft, damit der ihn abholt. Ich muss schmunzeln, da dieser Idiot so etwas bestimmt nie wieder fragen wird. Er hätte besser auf seine Wortwahl achten sollen.

«Was sollte das?», fährt mich Leyla an, kaum, dass Logan verschwunden ist.

«Er wollte einen Gute-Nacht–Kuss.»

«Aber doch nicht von dir.»

«Tut mir leid, das habe ich wohl falsch verstanden.» Ich zucke mit den Schultern und drücke damit meine Unwissenheit aus.

«Du bist echt peinlich!» Genervt rennt sie aus dem Café bis zum Wagen und steigt ein. Da kommt wieder der Teenager zum Vorschein, was mich schmunzeln lässt. Die meiste Zeit benimmt sie sich für ihr Alter viel zu erwachsen.

Ich folge ihr, da ich sie ohnehin nach Hause fahren muss, und starte den Motor. Den Heimweg über ignoriert sie mich gekonnt und ich bekomme ihre wutentbrannte Aura zu spüren.

Auch wenn sie einen wunderschönen Abschiedskuss erwartet hatte, wollte ich diesem Kerl den Spaß nicht gönnen. Abgesehen davon, dass er um einiges älter ist als sie und sie noch minderjährig, kenne ich Männer wie ihn. Sein Blick hat mir verraten, dass er auf mehr als einen Kuss aus war.

«Gut, wir sind da.»

Leyla steigt aus, knallt die Tür hinter sich zu und geht Richtung Haus. Da mich mein schlechtes Gewissen doch plagt, stelle ich den Motor ab, steige aus und laufe ihr hinterher.

Als ich sie endlich erwische, packe ich sie am Arm und bringe sie dazu, mich anzusehen. «Es tut mir leid.»

Wut brennt in ihren Augen und sie wirkt gekränkt.

«Das wäre mein erster richtiger Kuss gewesen», gesteht sie schließlich, was mich jedoch aus der Bahn wirft.

«Es war ein schöner Abend. Gute Nacht», gibt sie noch von sich und dreht sich zur Tür.

Im letzten Moment greife ich nach ihrem Arm, ziehe ihr Gesicht zu meinem und drücke meine Lippen auf ihre. Unser Kuss fühlt sich warm und weich an und ich vergesse beinahe, wo ich bin. Langsam löse ich mich von ihr und sehe ihr tief in die Augen. «Gute Nacht, Leyla.»

Ich höre noch, wie sie überrascht nach Luft schnappt, ehe ich mich rasch zum Gehen wende. Ich schreite zum Auto, starte den Motor an und fahre los, ohne noch einmal zurückzusehen. Dieses süße Mädchen, dem ich gerade den ersten Kuss gestohlen habe, lasse ich dabei zurück.

—

Da ich um zehn Uhr abends immer noch hellwach bin, gehe ich eine Runde laufen, um mir über die Vorkommnisse der letzten Stunden klarzuwerden. Vielleicht kann ich so meinen Kopf frei bekommen.

Ich weiß immer noch nicht, was ich mir dabei gedacht habe. Nein. Ich habe nicht gedacht, sondern einfach gehandelt. Wenn sie Matt morgen von diesem Vorfall erzählt, bin ich diesen Job los. Andererseits habe ich nichts getan, außer sie zu küssen. Das ist ja kein Verbrechen. Immerhin habe ich nicht...

Nein. Daran sollte ich jetzt nicht denken. Das ist Vergangenheit. Ich muss das hinter mir lassen. Leyla ist nicht wie sie. In keiner Weise gleicht sie dem Auftrag von damals.

Ich schüttle meinen Kopf, um meine Gedanken zu ordnen und diese andere Frau zu verscheuchen. Was habe ich mir nur dabei gedacht? Eigentlich fängt der Job als Leylas Bodyguard an, mir zu gefallen. Was mache ich, wenn sie mir als Schützling entzogen wird? Wenn ich nicht mehr in ihrer Nähe sein darf, weil ich meine Arbeit nicht richtig gemacht habe, weil ich sie geküsst habe.

Langsam zieht sich alles in meiner Brust zusammen, sodass ich stehen bleibe und tief ein- und ausatme. Was ist das nur für ein Gefühl? Der Gedanke daran, sie nicht länger beschützen zu dürfen, nicht mehr bei mir zu haben, schnürt mir die Luft ab.

Mein Telefon klingelt und reißt mich schließlich aus meiner Trance. Auf dem Display leuchtet der Name meiner Schwester.

«Hey Shanon, was gibt's?»

«Shane, du musst bitte sofort zu mir nach Hause fahren», klingt sie völlig außer Atem, «Dave hat mich gerade angerufen. Er weiß nicht mehr, was er machen soll. Riley benimmt sich wieder total irre, aber ich habe heute Nachtschicht im Krankenhaus. Könntest du bitte hinfahren und Riley beruhigen?»

Ich stimme sofort zu. Vor allem, weil ich selbst daran zweifle, ob ich Dave trauen kann.

«Klar. Ich bin in einer halben Stunde dort.»

Ich lege auf und laufe zu meiner Wohnung zurück, suche meine Autoschlüssel und mache mich auf den Weg zu meiner Nichte und meinem Schwager.

Sie wohnen im fünften Stock eines Hochhauses. Trotzdem höre ich Rileys Geschrei, als wäre sie nur ein Stockwerk über mir, als ich den Wohnblock erreiche. Das Fenster ist wohl gekippt.

Ich gehe zur Tür und klingle, bis das Geräusch zum Öffnen ertönt. Kaum, dass ich das Appartement betreten habe, finde ich eine verheulte Riley auf der Couch und einen völlig fertigen Dave vor.

«Shane!» Er läuft mir entgegen und schließt seine Arme um mich. «Gut, dass Shanon dich erreicht hat. Tut mir leid, dass wir dich so spät noch stören, aber Riley will einfach nicht schlafen. Sie dreht total durch.»

Er ist mit seinen Nerven völlig am Ende, das letzte Mal war er so verzweifelt und hilflos, als Riley an Scharlach mit hohem Fieber erkrankte. Deshalb nähere ich mich Riley langsam.

«Hey, meine Süße.» Ich streichle ihr übers Haar und gehe in die Hocke, um mit ihr auf Augenhöhe zu sein.

«Hallo, Onkel Shane.» Sie schnieft und ihr Gesicht ist völlig verheult, doch meine Anwesenheit scheint sie zu beruhigen.

«Warum bist du denn so aggressiv bei deinem Papa?»

«Tut mir leid, Onkel Shane», entschuldigt sie sich, als hätte sie es auswendig gelernt.

«Magst du nicht mit deinem Papa alleine sein?», frage ich, weil ich langsam den wahren Grund herausfinden will.

Sie schüttelt den Kopf.

«Und warum nicht?», frage ich erneut. «Hat dir dein Papa was getan?»

«Hey!», schaltet sich Dave ein, der alles mitanhört. Sofort halte ich ihm jedoch meine Handfläche entgegen, ohne Riley aus dem Blick zu lassen, damit er mich nicht mehr unterbricht. Ich will hier meinen Job machen und in diesem Fall bedeutet das, herauszufinden, was mit meiner Nichte los ist.

Zum Glück geht mein Schwager in die offene Wohnküche, lehnt sich an die Arbeitsplatte und beobachtet uns weiter. Schweigend.

Riley verneint, aber ich spüre, nein, ich weiß, dass mehr dahinter steckt. «Möchtest du heute Nacht bei mir schlafen, Riley?»

Sie nickt wieder und steht von der Couch auf. «Ich hole noch schnell meinen Rucksack», lässt sie mich wissen und verschwindet dann in ihrem Zimmer.

Langsam erhebe ich mich und gehe zu Dave.

«Du nimmst sie mit?», wirft er mir vor, als hätte ich eine falsche Entscheidung getroffen.

«Wenn sie bei dir nicht schlafen will, muss ich das wohl. Sie ist vollkommen übermüdet.»

«Ich weiß, wie es ihr geht, sie ist meine Tochter. Glaub nicht, dass mir das alles egal ist.»

«Natürlich. Und ich will sie dir nicht wegnehmen Dave, aber im Moment, ist es das Beste, wenn sie heute Nacht bei mir ist.»

Mein Schwager weiß, dass ich Recht behalte, und belässt es dabei. Selbst wenn ihn schmerzt, dass seine eigene Tochter vor ihm Angst hat und nicht mit ihm alleine sein will. Auch wenn ich mir nicht sicher bin, ob es zu ihrem Wohl oder zu seinem Bedauern geschieht.

Als Riley zurückkommt mit ihrem Rucksack, sich nur flüchtig von ihrem Vater verabschiedet und wir aus der Tür treten, sehe ich einen Hauch von Traurigkeit, aber auch Dankbarkeit über Daves Gesicht huschen. Die Situation macht ihm wohl mehr zu schaffen, als er zugeben will.

KAPITEL 5:
ZWEITE CHANCE

Leyla

Fertig mit dem heutigen Dreh, bei dem ich eine Kassiererin in einem Café spielen durfte, nehme ich einen großen Schluck von dem Wasser, das Claire mir reicht. Der Regisseur gibt den Hauptdarstellern noch ein paar Tipps für die nächsten Szenen und den Falten auf ihrer Stirn nach, hören sie sehr konzentriert zu.

Bald habe auch ich meine Hauptrolle in einem Film und darf die Freundin eines Geheimagenten spielen. Also seine Partnerin bei der Mission. Allerdings wissen bisher nur Matt, Claire und Violet davon. Zu Shane habe ich noch nichts gesagt, weil ich erst auf das Einverständnis meines Stiefvaters warten will. Der Film wird in Las Vegas gedreht und da ich noch nicht volljährig bin, brauche ich dafür die Erlaubnis meines Vormunds. Ich habe ihm den Zettel bereits vor zwei Tagen vorgelegt, doch er hat ihn noch nicht unterschrieben.

Und da ich nicht will, dass Shane Verdacht schöpft, oder die Situation hinterfragt, wenn ich keine Erlaubnis bekäme und diese Reise nicht machen dürfte, lasse ich ihn noch im Ungewissen.

Natürlich habe ich Claire und Matt darum gebeten, das Thema vor Shane nicht anzusprechen, da ich ihm selbst von der guten Neuigkeit berichten möchte. Sie hatten sofort Verständnis dafür und Matt weiß auch, dass ich noch auf die Genehmigung meines Stiefvaters warte.

Während ich darüber nachdenke, fällt mir der Kuss wieder ein. Ja, Shane hat mir meinen ersten Kuss gestohlen. War das alles nur ein Spiel für ihn?

Ich beobachte Shane, wie er sich aufgeregt mit ein paar Leuten des Filmsets unterhält. Er lacht viel und spielt endlich nicht den strengen und mysteriösen Bodyguard, sondern wirkt zufrieden. Die anderen finden ihn offenbar sympathisch, denn sie lauschen aufmerksam seinen Geschichten. Von dieser Entfernung aus kann ich nicht hören, worüber er spricht, aber er macht sich gut in dem Kreis, der sich mittlerweile um ihn gebildet hat.

«Leyla, dein Handy hat die ganze Zeit vibriert, während du gearbeitet hast.» Claire reicht mir das Smartphone und ich schaue aufs Display. Haufenweise Nachrichten und entgangene Anrufe von Logan.

Hey Leyla,
hatte versucht, dich anzurufen. Sorry, dass ich dich störe, du hast ja gesagt, dass du heute beim Dreh bist.
Ich hoffe, du bist noch gut nach Hause gekommen. Aber ich schätze schon. Dein Bodyguard, lässt dich ja keine Sekunde aus den Augen. ;)
Das sollte jetzt nicht eifersüchtig klingen. Er macht seinen Job gut, auch wenn er sich den Kuss hätte sparen können.

Ich schon wieder. Eigentlich wollte ich auf was anderes raus. Hast du Lust, dich mit mir zu treffen? Zu einem richtigen Date? Ich würde gern mit dir ausgehen und dich besser kennenlernen. Außerhalb der Arbeit.

P.S.: Dein Bodyguard kann sich den Tag freinehmen. Ich hole dich ab und mein Fahrer wird auf uns aufpassen. :)
Bis dann :3

Schmunzelnd lese ich die Mitteilungen. Irgendwie finde ich es süß. Dass er mir eine zweite Chance gibt, hätte ich nicht geglaubt. Nach dem, was Shane beim letzten Mal abgezogen hat, habe ich gedacht, Logan würde sich nie wieder melden oder sich auch nur in meine Nähe trauen. Zumindest nicht, wenn mein Bodyguard dabei ist. Dennoch bin ich froh darüber und werde ihm definitiv zusagen.

«Warum grinst du denn so?»

Erschrocken starre ich ihn an. Shanes Stimme hat mich zurück in die Realität geholt. Sogleich fange ich mich jedoch und lächle ihm entgegen, um ihm die frohe Botschaft zu überbringen.

«Logan hat mir geschrieben. Er möchte mit mir ausgehen.»

«Der Gute-Nacht-Kuss-Typ in der zu engen Badehose?»

Das war nicht die Antwort, die ich erwartet habe. Obwohl mir klar ist, was Shane von ihm hält.

«Genau der. Du hast ihn nicht verscheuchen können.» Breit grinse ich in Shanes Richtung. An seinem Gesichtsausdruck erkenne ich, dass er meine Anspielung versteht.

«Schon gut. Das freut mich für dich. Wann ist das Treffen?» Er kratzt sich peinlich berührt am Kopf.

«Am Samstag. Aber du kannst dir frei nehmen. Er hat gesagt, dass sein Fahrer auf uns aufpasst.»

«Vergiss es.»

Das dachte ich mir. So leicht lässt er sich nicht abwimmeln, was ich irgendwie charmant finde. Mir ist klar, dass es sein Job ist, mich zu beschützen. Dennoch fühlt es sich so an, als würden die beiden um mich kämpfen.

Allein der Gedanke lässt mein Herz schneller schlagen.

«Gut, dann schreibe ich ihm, dass du mich hinbringen wirst. Hauptsache, wir können uns treffen.» Bevor ich mich Richtung meines Wohnwagens aufmache, kommt mir noch eine Idee.

«Morgen ist doch Freitag und ich habe frei. Wie wäre es, wenn du mich zum Einkaufen begleitest?»

«Die Frage ist überflüssig, denn ich bin immer an deiner Seite, sobald du das Haus verlässt.»

Er kommt mir gefährlich nahe und ich mache einen Schritt zurück, damit er mein Herz nicht hört, das wie verrückt pocht.

«Gut, denn ich brauche einen männlichen Rat, was ich bei meinem Date anziehen soll. Immerhin können Violet oder Claire mir nicht sagen, worauf Männer wirklich stehen.»

Er schüttelt zunächst den Kopf und grinst dann verschwörerisch. «Wie du meinst.»

—

Heute Nacht hat sich mein Stiefvater ruhig verhalten, denn ich habe ihm erzählt, dass ich den ganzen Tag mit Shane unterwegs sein werde. Es ist zwar diesmal nicht beruflich, aber er muss ja nicht alles wissen. Auch die Einverständniserklärung, dass ich für den zweimonatigen Filmdreh nach Las Vegas fahren darf, hat er endlich unterschrieben. Meinem Stiefvater ist sicherlich bewusst, dass es zu viel Aufmerksamkeit erregen würde, wenn er dem nicht zustimmt. Ebenso scheint er Shanes wachsame Augen bemerkt zu haben. Jedes Mal, wenn ich nach einem Arbeitstag nach Hause komme, steht er am Fenster und beobachtet meinen Bodyguard, wenn er mich zur Tür begleitet oder im Auto darauf wartet, bis ich die Haustür erreiche.

Man könnte meinen, ich hätte mich langsam daran gewöhnt, von allen Seiten beobachtet zu werden, aber das habe ich nicht. Ich fühle mich kontrolliert und gleichzeitig bei jedem Schritt unsicher. Obwohl ich die Beschattung von Shane wesentlich angenehmer finde als die meines Vormunds.

Shane wartet nicht wie gewöhnlich vor seinem Wagen auf

mich, als ich das Haus verlasse, sondern steht vor einem Motorrad. Will er etwa, dass ich auf diesem Ding mit ihm mitfahre?

Was mich jedoch noch mehr aus der Fassung bringt, ist sein Outfit. Er trägt eine kurze khakibraune Hose mit Rissen darin und ein weißes T-Shirt, auf dem Palmen aufgedruckt sind. Dazu seine mir allzubekannte Sonnenbrille und einen schwarzen Hut. Seinen Bart hat er sich rasiert und seine Haare wie immer zu einem Dutt gebunden. Um den Hals trägt er eine lederne Kette mit einem Stiersymbol darauf, möglicherweise sein Sternzeichen. Die Füße lässig übereinandergelegt lehnt er an dem Fahrzeug und winkt mir zur Begrüßung zu.

Ich muss gestehen, mir gefällt sein Fashionstatement. Vor allem, weil wir heute im Partnerlook unterwegs sind. Denn auch ich habe meine Sonnenbrille sowie einen Hut aufgesetzt, um nicht sofort erkannt zu werden. Anders als sonst trage ich heute Shorts in einem Beigeton und ein weißes Top. Meine Haare habe ich mir auf beiden Seiten zu Zöpfen geflochten, um die Hitze erträglicher zu machen.

«Sollen wir darauf fahren?», frage ich, als ich beim Motorrad ankomme.

«Deine Fans kennen meinen Wagen vielleicht schon, da sie dich ein paar Mal ein -und aussteigen gesehen haben, also ist das hier die unauffälligere Variante.»

«Total unauffällig.» Lachend tausche ich meine Kopfbedeckung gegen einen Helm und stecke meinen Hut in meinen kleinen Rucksack, den ich statt der Handtasche mit mir führe.

Beim *Hollywood & Highland* angekommen steuere ich sofort auf das erste Geschäft für Bekleidung zu. Shane folgt mir und greift dabei nach meiner Hand. Abrupt bleibe ich stehen und werfe ihm einen irritierten Blick zu, denn das hier ist kein Date.

«Was soll das werden?», frage ich.

«Wenn die Leute denken, wir sind ein Paar, werden sie noch weniger auf dich aufmerksam. Schließlich hat Leyla Thompson keinen Freund.»

«Oder sie können ihre Blicke erst recht nicht von mir lassen, da sie wissen wollen, wer Leyla Thompsons Begleitung ist», kontere ich und Shane zieht seine Hand zurück.

«Entschuldige, ich habe es nur gut gemeint.»

Jetzt habe ich ihn wohl gekränkt, denn er hält jede Menge Abstand zu mir, während ich meine Kleider aussuche, sodass man meinen könnte, wir wären nicht zusammen unterwegs. Vielleicht hätte ich seine Hand halten sollen. Ich war nur so verwundert darüber, dass er plötzlich meine Nähe sucht. Um ehrlich zu sein, hat es mir sogar gefallen. Seine Hand war so groß und warm und ich habe mich sicher gefühlt. Das tue ich immer in seiner Nähe.

Nach zahlreichen Anproben ziehe ich das letzte Kleid für heute an und hoffe, dass es diesmal passt. Shane hat sich mit seinen Kommentaren und Ratschlägen sehr zurückgehalten. Vielleicht hätte ich doch Claire oder Violet mitnehmen sollen.

Sofort wird mir klar, dass dies das richtige Kleid ist, als ich aus der Garderobe heraustrete und Shanes überraschten Gesichtsausdruck sehe. Er starrt mich mit offenem Mund an und bringt nur ein «Wow» hervor.

Es ist ein weißes Kleid, bedruckt mit blauen Rosen. Der figurbetonte Schnitt passt sich meiner Taille an und endet kurz über meinen Knien. Ich drehe mich einmal darin und finde, dass es sehr schön fällt.

«Denkst du, das ist es?», frage ich zögerlich.

«Ja, definitiv. Du siehst wunderschön darin aus.»

Er schenkt mir ein so süßes Lächeln, dass ich ein Kribbeln in der Brust spüre. Ich fühle, wie mir die Röte ins Gesicht steigt, weil ich mich wirklich über sein Kompliment freue, und flüchte deshalb wieder in die Kabine.

Die Einkäufe erledigt holen wir uns noch einen Schokoshake bei *Starbucks* und spazieren im Anschluss den *Walk of Fame* entlang.

«Irgendwann möchte ich hier auch einen Stern haben», gestehe ich, während ich die Namen auf dem Boden lese.

«Das wirst du bestimmt. Schließlich bist du schon eine kleine Berühmtheit», muntert mich Shane auf und zwinkert mir zu.

«Aber berühmt zu sein, reicht nicht.»

«Ich weiß. Dennoch wirst du deinen Traum sicher verwirklichen, wenn du deine Ziele verfolgst und dich reinhängst.» Seine Worte schenken mir neue Hoffnung. Also beschließe ich, ihm von meiner tollen Filmrolle zu berichten.

«Shane.» Er schenkt mir ein süßes Lächeln, das mich kurz aus dem Konzept bringt. «Wieso lächelst du jetzt?»

«Du hast mich gerade zum ersten Mal beim Namen genannt.»

«Achso?» Aber ja, er hat Recht. Wahrscheinlich weil ich ihn nicht mehr nur als Bodyguard ansehe. «Wie dem auch sei. Ich muss dir etwas erzählen.»

Nun wirkt sein Blick leicht beängstigt. «Ich habe eine Hauptrolle in einem Actionfilm erhalten. Die Dreharbeiten starten in zwei Wochen und der Film wird in Las Vegas spielen.»

«Das ist toll.» Er wirkt wieder erleichtert und nimmt mich in den Arm. «Ich freue mich für dich.»

Unsere Verkleidungen mit Hut und Sonnenbrille scheinen wirklich zu helfen, denn bisher hat mich noch kein Fan angesprochen. Um sie noch mehr in die Irre zu führen, nehme ich Shanes Hand und lasse mich von ihm mitziehen. Kurz sieht er zu mir, dann schiebt er seine Finger zwischen meine, sodass wir Hand in Hand die Straße entlanggehen.

Ich genieße diesen Augenblick, weil ich so eine Situation noch nie erlebt habe. Auch wenn ich bald achtzehn werde, hatte ich, aufgrund meiner und der Bekanntheit meiner Mutter, nie einen richtigen Freund. Es ist schön, zu jemandem zu gehören. Selbst wenn es in diesem Fall nur mein Bodyguard ist.

Ohne Vorwarnung bleibt Shane stehen und sieht zum Hollywoodzeichen hinauf. «Warst du mal dort oben?», fragt er mit einem schelmischen Grinsen.

«Nein.»

«Gut, dann folge mir.»

Beim *Griffith Observatorium* angekommen steigen wir vom Motorrad ab und setzen uns wieder die Hüte auf.

«Bist du bereit für eine kleine Tour?», fragt Shane und sprüht dabei regelrecht vor Motivation. Es gibt einen Wanderweg, der zum oberen Teil des Schriftzugs führt.

«Du weißt schon, dass wir dafür über eine Stunde brauchen?», antworte ich mit einer Gegenfrage und sehe dabei auf die Einkaufstüten mit dem Kleid und den Schuhen.

«Wir haben doch Zeit. Oder musst du noch wo hin?»

«Nein», gebe ich zaghaft zurück, weil ich nicht weiß, ob ich mir das bei dieser Hitze antun will.

Shane nimmt mir die Tüten ab. «Wie du willst. Ich war schon dort oben und man hat einen tollen Ausblick auf die Stadt. Als echte Bewohnerin Hollywoods solltest du das mal gesehen haben.»

«Gut», gebe ich nach und nehme seine Hand, die er mir zum Aufstieg anbietet.

Nach über einer Stunde haben wir endlich das Ziel erreicht und ich traue meinen Augen nicht. Ein bezaubernder Anblick des

Stadtteils, in dem ich jeden Tag arbeite und der nun weit entfernt wirkt, bietet sich mir. Der Ausblick auf dieses wunderschöne Panorama ist kaum in Worte zu fassen.

«Na, beeindruckt?» Shane scheint meine Faszination in meinem Gesicht zu lesen.

«Allerdings», gebe ich zu. «Ich hätte schon viel früher hierher kommen sollen.»

«Habe ich doch gesagt. Es lohnt sich.»

Ich stimme ihm zu und zücke mein Handy. «Gut, dann lass uns ein Erinnerungsfoto machen.»

Das Selfie will nicht so recht funktionieren, also frage ich einen der Touristen, ob er ein Foto von uns machen kann.

«Also gut, auf drei. Eins, zwei, drei.»

Shane und ich haben beide unsere Sonnenbrillen heruntergenommen und lächeln freundlich in die Kamera.

«Und jetzt leg den Arm um sie und drück deiner Freundin einen Kuss auf», gibt uns der Tourist Anweisungen.

Unsicher sehe ich zu Shane. Ihn als meinen Bodyguard vorzustellen, würde meine Tarnung auffliegen lassen, aber er ist definitiv nicht mein Freund. Shane hingegen lächelt mich nur an und legt seinen Arm um mich. Dann zieht er mein Gesicht zu seinem und küsst mich. Ganz sanft und lang.

Zumindest mir kommt der Kuss sehr lange vor und mir wird heiß. Noch heißer, als es ohnehin schon ist. In meinem Körper breitet sich ein Feuer aus, das ich nicht beschreiben kann. Anstatt von ihm abzulassen, lege ich meine Hand an seinen Hals und küsse ihn zurück.

«Das ist ein schönes Foto», unterbricht der Tourist lachend unsere Leidenschaft.

«Danke.» Ich nehme ihm mein Smartphone ab und er verabschiedet sich. Danach rufe ich sofort das Foto auf. Ich traue meinen Augen nicht. Wir sehen nicht aus wie ein Model und ihr Bodyguard, sondern wie ein Paar.

«Wow», höre ich Shanes Stimme an meinem Ohr, der sich über meine Schulter lehnt, um das Foto zu betrachten. Was soll das heißen? Das sagte er ebenfalls, als ich aus der Umkleidekabine trat, in diesem weißen Kleid mit den blauen Rosen. Bedeutet das, ihm gefällt es?

«Auf dem Bild hält mich keiner für deinen Bodyguard», fügt Shane hinzu, richtet sich seinen Hut und setzt sich seine Sonnenbrille wieder auf.

«Ja», erwidere ich nur und tue es ihm gleich, da wir den Abstieg des Wanderweges beginnen.

Shane reicht mir immer wieder die Hand, damit ich nicht ausrutsche, und hält mich fest, bis wir unten angekommen sind. Um ehrlich zu sein, habe ich mir gewünscht, dass er mich nie mehr loslässt.

KAPITEL 6:
DIE VERBOTENE NACHT

Leyla

Die Sonne ist bereits untergegangen, als wir zuhause ankommen. Ich nehme meinen Helm ab, lehne mich an Shanes Rücken und bedanke mich für den tollen Tag. «Es war wirklich schön heute.»

Er dreht sich zu mir, streicht mir eine Haarsträhne hinters Ohr und schenkt mir zur Bestätigung ein süßes Lächeln.

Kurz verliere ich mich in seinen dunklen Augen, steige vom Motorrad ab und mache mich auf den Weg zum Hauseingang. Ein letztes Mal werfe ich ihm einen Blick zu, bevor ich aufschließe, eintrete und erstarre.

Mein Stiefvater steht im dunklen Flur vor mir, mit dem Gürtel in der Hand. Er scheint auf mich gewartet zu haben. Kein Wort verlässt meinen Mund, ich verharre mit der Hand am Haustürgriff. Er berührt meine Arme und Beine und fährt langsam mit seinen Fingern daran hinab.

«Mh. Scheint alles verheilt zu sein.» Nun sieht er mich direkt an. «Das müssen wir natürlich ändern. Doch heute habe ich eine andere Botschaft für dich.»

So schnell kann ich nicht reagieren, da saust seine Faust auf mein Gesicht zu. Im letzten Moment schiebt mich jemand zur Seite. Sofort blicke ich auf meinen Retter und sehe Shane, der rückwärts auf dem Zufahrtsweg landet. Er wischt sich mit dem Handrücken das Blut unter seiner Nase weg. Sein linkes Auge ist leicht gerötet und beginnt bereits anzuschwellen. Trotz allem wirft er meinem Stiefvater einen hasserfüllten Blick zu. Shane schreitet auf ihn zu, reißt ihm den Gürtel aus der Hand und wirft diesen zurück in den Hausflur. Danach greift er nach meinem Arm und zieht mich mit sich.

«Wo willst du mit ihr hin, du Bodyguard?», fordert mein Stiefvater ihn heraus und macht einen Schritt aus der Haustür.

Shane setzt sich vor mich auf das Motorrad und startet den Motor. «Wage es nicht, uns zu folgen», droht er meinem Stiefvater.

Meinen Helm aufgesetzt, schlinge ich meine Arme um Shane und warte, bis er losfährt. Denn ich weiß, dass Shane der Einzige ist, der mich im Moment vor ihm schützen kann.

Bei ihm zu Hause angekommen schweigt Shane beharrlich, während er die Tür verschließt. Sein Gesichtsausdruck ist der Gleiche wie vorhin. Kalt und gefährlich. Sodass ich mich nicht traue, irgendetwas zu sagen. Deshalb bleibe ich besser im Eingangsbereich stehen und beobachte ihn.

Er scheint ins Bad zu gehen, denn ich höre Wasser rauschen. Langsam betrete ich das Wohnzimmer. Die Maisonette-Wohnung ist sehr groß und die Treppe, die er nach oben genommen hat, führt wohl zum Badezimmer und in den Schlafbereich. Das Sofa steht mitten im Raum und an der Wand, gleich neben der Tür, hängt ein großer Flachbildschirm. Es ist alles in Grau und Schwarz gehalten. Vor der Couch steht ein kleiner Tisch und links davon ist eine Bar mit Hockern, die an die offene Küche anschließt. Dahinter ist eine riesige Fensterfront. Was für ein Anblick. Vor mir erstreckt sich ein glitzerndes Lichtermeer.

Als Shane wieder die Stiegen herunterkommt, hat er sich das Blut bereits abgewaschen, doch sein blaues Auge ist weiter angeschwollen. Er geht in die Küche, holt einen Beutel Eiswürfel aus dem Gefrierschrank und hält ihn sich an die Schwellung.

Ein genervter Laut entweicht ihn, sodass ich mich zu ihm umdrehe.

«Wieso hast du es mir nicht erzählt?», fragt er regelrecht wütend. Jetzt sieht er mich direkt an und ich habe das Gefühl, dass er mir in die Seele blickt. Shane kommt auf mich zu und bleibt dicht vor mir stehen. So nah, dass ich seinen Atem spüren kann.

«Es tut mir leid», gestehe ich und hoffe, damit seinen Zorn zu besänftigen. Da er nichts darauf erwidert, fahre ich sanft mit meinen Fingerspitzen über sein linkes Auge, das vom Kondenswasser benetzt ist. Aus seiner Nase rinnt ein wenig Blut.

Plötzlich ergreift er meine Hand und drückt sie sanft von sich. Die Situation ist mir so unangenehm, dass ich mich von ihm losreiße und zu meinem Rucksack gehe. Ich suche nach Taschentüchern, um ihm das Blut aus dem Gesicht zu wischen. Sowie ich mich umdrehe, steht er vor mir und sieht mich erneut mit ernstem Blick an, bis ihm das Taschentuch in meiner Hand auffällt.

Shane streift mit seinen Fingern über seine Oberlippe, daraufhin greift er nach meiner Hand und führt sie zu dem Punkt. Sanft tupfe ich ihm die roten Stellen ab. Plötzlich ergreift er meinen Arm und zieht mich zur Couch. Kein einziges Mal hat er seinen Blick von mir gelassen. Shane nimmt mir das Taschentuch aus der Hand und rückt näher an mich heran. Er legt eine Hand an meinen Rücken und die andere an meine Wange. Dann zieht er mich zu sich und küsst mich. Seine Zunge erforscht meinen Mund und ich fühle seinen warmen Atem auf meiner Haut. Mir wird heiß, doch ich kann mich nicht von ihm lösen.

Ruckartig reißt er sich von mir los, legt seine Stirn an meine und atmet tief ein und aus.

«Sorry, das hätte ich nicht tun sollen.»

Er rutscht ein Stück von mir weg und stützt seine Arme auf die Oberschenkel. «Wieso hast du nichts gesagt?», fragt Shane, erneut vorwurfsvoll. Einen Augenblick lang verstehe ich nicht, wovon er spricht. Erst als er fortfährt, wird mir klar, dass er das Thema gewechselt hat. Offenbar will er die Sache mit dem Kuss ignorieren. Schon wieder.

«Ich bin dein Bodyguard, Leyla, aber ich kann dich nur vor mir bekannten Gefahren beschützen. Ich dachte, zuhause wärst du sicher. Dort gibt es keine aufdringlichen Fans oder die Presse. Dass dies jedoch der gefährlichste Ort ist, an den ich dich jeden Tag bringe, ist mir erst heute klar geworden.» Er schüttelt den Kopf. Ich wage es nicht, etwas davon abzustreiten.

«Seit wann... ist er so?», fragt Shane schließlich.

«Seit ein paar Monaten.»

«Monate?»

Schockiert reißt er die Augen auf, wird sich der Tragweite meiner Situation bewusst. Ich presse meine Lippen aufeinander, um nichts Falsches zu sagen.

«Ich hatte schon geahnt, dass du ein Geheimnis hütest. Jedoch hatte ich gehofft, dass es nicht so eines ist. Immerhin bist du Model und Schauspielerin. Dein Körper bringt dir deine Aufträge. Und die Schmerzen, die du ertragen musst ... Warum hast du es bisher niemandem erzählt? Wieso zeigst du ihn nicht an?»

«Weil er dann meine Mutter tötet!», brülle ich ohne Vorwarnung und halte mir sogleich den Mund zu.

«Er tut was?»

Sein verwirrter und zugleich besorgter Gesichtsausdruck zeigt mir, dass er es nicht auf sich beruhen lassen wird, bis ich ihm alles erzählt habe. Deshalb nehme ich all meinen Mut zusammen und erkläre meinem Bodyguard, was passiert ist.

«Mein Stiefvater war nicht immer so. Er war früher ein wirklich loyaler und freundlicher Mann. Der Unfall, durch den meine Mutter ins Koma fiel, hat ihn schwerer getroffen, als er zugeben will. Nach und nach hat er sich in die Einsamkeit zurückgezogen. Mich hat er gemieden. Wenn ich ihm doch unter die Augen trat, was kaum zu verhindern war, da wir im selben Haus leben und er mein derzeitiger Vormund ist, hat es ihn immer daran erinnert, dass meine Mutter nicht mehr bei uns war. Er erträgt meinen Anblick nicht mehr. Das ist der Grund für sein Verhalten.»

Ich sehe kurz zu Shane, dessen Gesicht sich zu einer hasserfüllten Fratze verzogen hat, seine Hände hat er zu Fäusten geballt, sodass die Knöchel weiß hervortreten, doch er sagt kein Wort. Ich bin nicht sicher, ob er darauf wartet, dass ich fortfahre, oder ob er sich zurückhält, um nicht die Kontrolle zu verlieren. Mir ist klar, dass es ihm ziemlich gegen den Strich geht, wenn seinem Schützling so etwas widerfährt. Aber ich entdecke noch ein Gefühl, wenn ich ihn so wütend sehe. Ich habe Angst.

Selbst wenn ich weiß, dass sich sein Zorn nicht gegen mich richtet, fürchte ich diesen Shane.

«Das ist kein Grund», bringt er zwischen zusammengepressten Kiefern hervor. «Ich hätte ihm auch eine verpassen und ihn fühlen lassen sollen, wie schmerzhaft Schläge mit dem Gürtel sind. Verdammt!» Wütend schlägt er mit der Faust auf den Tisch und ich schlucke laut, weil ich nicht mehr weiß, was ich tun soll. Um das Zittern meiner Hände zu verbergen, kralle ich meine Fingernägel in meine Kleidung. Trotz allem wende ich den Blick nicht ab und beobachte Shane, denn ich will auf alles vorbereitet sein.

Ich höre, wie er lange Atemzüge nimmt, vermutlich um sich selbst zu beruhigen. Seine Faust wird lockerer und gleitet langsam vom Tisch in Richtung meines Arms. Dann greift er sanft zu und zwingt mich damit, ihm direkt in die Augen zu sehen.

«Versprich mir, Leyla, wenn so etwas wieder geschehen sollte, dass du es mir sofort sagst.»

Ich starre ihn nur wortlos an.

«Versprich es mir», fordert er mich erneut auf. Der Blick aus seinen dunklen Augen fest auf mich gerichtet.

«Ich ... ich verspreche es.»

Blitzschnell umschlingt er mich und lässt mich nicht mehr los. Seine Umarmung ist sanft und doch kann ich seinem Griff nicht entrinnen, selbst wenn ich wollte. Ich spüre seine Wärme auf meiner Haut, eine angenehme Wärme. Ich fühle mich geborgen, so wie immer. In Shanes Nähe kann ich mich fallen lassen.

«Ich schwöre dir, von nun an, werde ich nicht mehr von deiner Seite weichen.»

Plötzlich kann ich mich nicht mehr zurückhalten und breche in Tränen aus. «Bitte, Shane, verrate es niemandem», bringe ich unter Glucksen hervor. «Wenn die Sache irgendwie an die Öffentlichkeit kommt, dann lässt er die lebenserhaltenden Geräte bei meiner Mutter abschalten. Damit hat er mir schon so oft gedroht und...»

Ich kann nicht mehr. Meine Tränen haben bereits Shanes T-Shirt durchnässt, und doch kann ich nicht mehr an mich halten. Ich habe so viel Angst davor, dass mein Stiefvater seinen Warnungen Taten folgen lässt. Schließlich ist er nicht mehr derselbe wie früher. Er hat keine Gefühle mehr, weder für meine Mutter noch für mich.

«Ich will sie nicht verlieren, Shane.» Weiterhin drücke ich meinen Kopf gegen seine Brust und spüre, wie er sanft meinen Rücken streichelt.

«Das wirst du nicht, Leyla. Ich werde ihn nicht verraten, aber ich werde eine Lösung finden.» Er hebt mein Kinn leicht an, sodass wir auf Augenhöhe sind. «Das verspreche ich dir.»

Seine Worte beruhigen mich und im nächsten Moment küsst Shane mich erneut. Er hat seinen Mund auf meinen gelegt und liebkost mich mit zahlreichen zärtlichen Küssen. Ich wehre mich nicht, denn ich habe dabei das Gefühl, dass der Schmerz in meiner Brust verschwindet. Als wären die Küsse eine Heilung für die inneren Wunden, die mir mein Stiefvater über all die Monate zugefügt hat.

«Du schmeckst leicht salzig», durchbricht Shane die Stille und leckt sich dabei über die Lippen.

Ich beuge mich zu ihm vor und sauge kurz an seiner Unterlippe. «Du auch», bemerke ich lächelnd.

Sogleich gibt er mir erneut einen Kuss, diesmal jedoch auf mein Augenlid, das bestimmt total verquollen ist. Wieder tue ich es ihm gleich, platziere einen Kuss auf die Schwellung, für die mein Stiefvater verantwortlich ist. Shane lächelt mich an, bevor er schwungvoll auf mich zukommt und mich rücklings aufs Sofa wirft. Nun drückt er seine Lippen fest auf meine und dringt mit seiner Zunge in meinen Mund ein, sodass mir ein leises Stöhnen entweicht. Dieses Geräusch kannte ich noch nicht von mir, aber es fühlt sich richtig an.

Kurz lässt Shane von mir ab und zieht sein T-Shirt aus, das er einfach auf den Boden wirft. Mir bleibt einen Augenblick die Luft weg, als ich seinen nackten Oberkörper vor mir habe. Durchtrainiert, muskulös und ein schöner brauner Teint. Seine Schultern wirken noch breiter und männlicher ohne das Oberteil. Selbst die lederne Kette, die um seinen Hals hängt, finde ich attraktiv an ihm. Er schenkt mir ein verführerisches Lächeln, während er meine Beine zusammenschiebt und sich auf sie setzt. Langsam zieht er mein Top hoch und berührt mit seinem Mund meinen Bauch. Er gleitet so sanft darüber, dass es ein wenig kitzelt. In meinem Körper kribbelt es plötzlich überall, sodass ich mich in seinen Haaren festkralle, aus denen sich eine Strähne lockert.

Erneut sieht er mich mit diesem Blick an, der nach mehr verlangt. Shane versteht, dass es mir gefällt, denn er zieht mein Oberteil noch weiter nach oben, bis er bei meinem BH angelangt. Dann küsst er mich noch einmal und zieht mir das Top aus. Sofort öffnet er auch den BH und haucht einen Kuss auf meine Brüste.

Passiert das gerade wirklich? Mir wird immer heißer, während meine Finger sich um seinen Kopf legen und ich ihn zu mir hochziehe, damit ich ihn küssen kann.

Ich spüre, wie seine Hand langsam meine Hose öffnet und er sie nach unten ziehen will, bis ich ihn davon abhalte.

«Warte, Shane.» Sogleich hält er inne und starrt mich irritiert an. «Ich ... weißt du, das ... Das ist mein erstes Mal.» Meine Wangen fangen an zu glühen und ich kann fühlen, wie mir die Röte ins Gesicht schießt.

«Soll ich aufhören?», fragt er sanft.

«Nein. Ich ... Es ist schön.» Mir ist das alles peinlich, doch ich will nicht, dass es endet. Ich will diesen Moment mit ihm erleben. Ich kann selbst nicht glauben, was ich gerade fühle, doch ich möchte mein erstes Mal mit Shane haben. Mir ist durchaus bewusst, dass er mein Bodyguard ist und dass Sex zwischen uns verboten ist. Es könnte sogar schlimme Konsequenzen haben, wenn sich einer von uns beiden verplappert.

«Keine Angst», reißt mich Shane aus meinen Gedanken. «Ich werde vorsichtig sein.» Er küsst meine Stirn und steht von der Couch auf. Dann hebt er mich hoch. Meine Arme um seinen Hals geschlungen warte ich ab, wohin er mich trägt.

Obwohl ich es mir denken kann, bin ich nervös, als er die Schlafzimmertür öffnet und mich auf seinem Bett ablegt. Shane schließt die Tür, entledigt sich seiner Hose und legt sich neben mich. Meine Shorts ausgezogen, drehe ich mich zu ihm und streiche mit der Hand über Shanes starke Brust. Kurz lasse ich sie dort ruhen und kann spüren, wie stark sein Herz pocht. Er ist genauso aufgeregt wie ich.

Sanft gleiten seine Finger über meinen Bauch bis zu meinen Hüften, von wo er meinen Slip über meine Beine zieht. Ich lasse meine langen Haare über meinen Körper fallen, um ihn ein bisschen zu bedecken. Nicht weil mir kalt ist, aber diese Situation ist komplett neu für mich.

«Was machst du denn da?», fragt Shane, dem meine Reaktion nicht entgangen ist. «Versteck dich nicht hinter deinen Haaren, Leyla. Du bist wunderschön und ich möchte alles von dir sehen.»

Seine Worte treiben mir die Röte ins Gesicht und ich schäme mich noch mehr. «Starr mich nicht so an. Das ist komisch.»

Sein süßes Lächeln macht es nicht besser. Sanft legt er seine Hand an meine Wange und schiebt mir die Haare hinter die Ohren. «Das ist nicht komisch, sondern ganz natürlich. Und du bist so süß, dass ich mich nicht mehr zurückhalten kann.»

Er beugt sich über mich und küsst mich innig, während seine Hand immer weiter meinen Körper hinabgleitet, bis er schließlich den Punkt gefunden hat, der mich zum Aufseufzen bringt. Shane lässt sich sehr viel Zeit. Immer wieder haucht er zahlreiche Küsse auf alle Stellen meines Körpers und dieser scheint auf ihn zu reagieren. Mein Herzschlag wird immer schneller ebenso wie mein Atem. Der Bauch zuckt bei jeder Berührung von ihm und ich realisiere, wie meine unteren Regionen langsam feucht werden.

Nach einer Weile zieht auch Shane seine Boxershorts aus und lässt sich ganz auf mich ein.

—

Am nächsten Morgen stehe ich, mit einer Tasse Kaffee in der Hand, vor der Glaswand und genieße die Aussicht auf Hollywood.

«Mein Hemd steht dir wirklich gut. Auch wenn es bei dir eher wie ein Minikleid aussieht», scherzt Shane, der gerade aus der Dusche kommt und sich fertig anzieht.

«Danke, ich habe gehört, das trägt man jetzt so.» Grinsend nippe ich an meinem Getränk und sehe wieder aus dem Fenster.

Plötzlich tauchen links und rechts neben meinem Kopf Hände auf, die sich an die Glaswand lehnen und ich spüre Shane dicht hinter mir.

«Hat dir die gestrige Nacht gefallen?», flüstert er in mein Ohr und mich durchfährt ein angenehmer Schauer.

Ich drehe mich zu ihm um und beiße mir auf die Unterlippe. «Ja.»

Shane hebt mein Kinn mit zwei Fingern an und gibt mir einen sanften Kuss. «Gut.» Er grinst verführerisch, lässt jedoch von mir ab. «Doch diese Nacht muss unser Geheimnis bleiben, Leyla.»

«Ich weiß.»

Ich darf niemanden davon erzählen. Weder Violet noch Claire. Schon gar nicht Claire oder Matt. Wenn sie davon erfahren, ist Shane seinen Job los und ich meinen Bodyguard.

Mein Handy vibriert auf dem Couchtisch und ich sehe aufs Display. «Logan!»

«Was?» Shane versteht meinen Aufschrei nicht.

«Ich habe ganz vergessen, dass ich mich mit ihm für heute verabredet habe», erkläre ich, da es mir wie Schuppen von den Augen fällt.

«Du hast ja noch Zeit. Es ist erst Vormittag.»

«Nein. Ich sollte ihm absagen. Ich kann nicht mit ihm auf ein Date gehen, wenn ich mit dir...» Während ich überlege, was ich Logan am besten schreibe, kommt Shane auf mich zu und grinst mich herausfordernd an.

«Wenn du mit mir ... was?»

«Du weißt genau, was ich meine.» Ich kehre ihm den Rücken zu und texte Logan, dass es bei mir doch nicht geht und ich unser Date absagen muss. Als Grund gebe ich an, dass ich jemanden kennengelernt habe. Genau genommen ist das nicht gelogen.

«Gut, ich mache uns Frühstück. Sind Pfannkuchen okay?», fragt Shane und lässt mich die Nachricht fertig schreiben.

«Ja, gern. Danke.» Auch wenn ich ihn das nicht fragen will und die Antwort bereits kenne, muss ich es tun. «Shane, kannst du mich danach nach Hause fahren?»

«Was?» Entsetzt knallt er die Pfanne aufs Kochfeld. «Du willst wirklich wieder zu ihm, Leyla?»

Ich höre den wütenden Unterton in seiner Stimme, doch ich habe keine Wahl. «Ich habe keine Sachen hier und ich kann nicht einfach bei dir bleiben.»

«Natürlich kannst du. Und wir können dir neue Sachen kaufen.» Er schüttelt den Kopf. «Leyla, hast du vergessen, was gestern Abend passiert ist?»

Wie könnte ich. Sein geschwollenes Auge, das noch blauer ist als gestern, erinnert mich ständig daran. «Ich weiß, was du meinst und ich verstehe, dass du dir Sorgen machst. Aber ich kann das Leben meiner Mutter nicht riskieren.»

Sichtlich genervt holt Shane den Pfannenwender aus einer Schublade, während er bloß den Kopf schüttelt.

Als wir später schweigend beim Frühstück sitzen, versuche ich es erneut. «Also, fährst du mich nach Hause?»

«Ja», gibt er kurz von sich. Er ist sauer. «Du holst deine Sachen und dann hauen wir wieder ab und ich werde die ganze Zeit bei dir sein.»

«Gut.» Ich nicke zur Bestätigung. Es würde eh nichts bringen, ihm jetzt zu widersprechen. Ich muss meinen eigenen Plan verfolgen, wenn ich meine Mutter retten, meinem Stiefvater gehorchen und Shane zeitgleich beruhigen will.

—

In meinem Zuhause angekommen beobachtet mein Stiefvater jeden meiner Schritte, sagt jedoch kein Wort. Genauso wie Shane, der ihn wiederum nicht aus den Augen lässt. Die Situation ist so angespannt, dass mir schlecht wird. Auch wenn ich ihre Gedanken nicht lesen kann, weiß ich, was in ihren Köpfen vorgeht. Mein Stiefvater will sich nichts anmerken lassen, weil er vor Shane nicht auffallen will. Offenbar denkt er, dass er so davonkommt. Immerhin hat Shane nach gestern nicht die Polizei alarmiert. Shane wiederum will eine unnötige Auseinandersetzung mit meinem Vormund vermeiden, da er meine Mutter und auch mich schützen will. Alles in allem ist dieser Umstand nur schwer zu ertragen und ich bin froh, wenn das vorbei ist.

Fertig gepackt sehe ich ein letztes Mal zu meinem Stiefvater und überlege, was ich ihm sagen soll. Doch Shane kommt mir zuvor.

«Sie wird ein paar Tage bei mir bleiben, bis sie sich wieder erholt hat.» Sein Ausdruck ist ernst und damit zeigt er seinem Gegenüber genau, was er von ihm hält. «Versuch erst gar nicht, sie zu finden.»

Wir treten aus dem Haus und gehen zu Shanes Wagen. Mit hasserfülltem Blick sieht uns mein Stiefvater nach und beobachtet uns, bis wir in das Fahrzeug steigen. Ein ungutes Gefühl beschleicht mich. Das kann noch nicht alles gewesen sein. Mein Handy vibriert, als eine neue Nachricht eingeht und lässt meine Befürchtung wahr werden.

Wenn du heute Nacht nicht nach Hause kommst,
wirst du deine Mutter nie wiedersehen.

Ich hätte wissen müssen, dass er es ernst meint. So leicht lässt er sich nicht einschüchtern. Was soll ich jetzt tun? Wenn ich es Shane erzähle und die Polizei ins Spiel gebracht wird, erfährt davon die Öffentlichkeit, das lässt sich nicht vermeiden. Wenn ich meinem Stiefvater nicht antworte, beendet er das Leben meiner Mutter in seiner Rage. Ich kann es nicht verhindern, ich habe zu viel Angst davor, was er tun wird. Lieber ertrage ich all die Schmerzen, die er mir körperlich zufügt, als verantwortlich für den Tod meiner Mutter zu sein.

Ganz gleich wie sehr sich Shane für mich einsetzt, er kann nichts tun. Es ist zu gefährlich. Und ich will ihn da nicht mithineinziehen. Deshalb treffe ich eine Entscheidung, die ihm nicht gefallen wird.

—

Als Shane neben mir eingeschlafen ist, schleiche ich mich aus dem Zimmer, nehme meine Sachen und verschwinde. Ich rufe mir ein Taxi und bete, dass mein Stiefvater nicht allzu wütend ist. Doch ich mache mir lieber keine allzu großen Hoffnungen.

Nachdem ich die Eingangstür hinter mir geschlossen und meine Taschen abgestellt habe, atme ich einmal tief durch. Es ist dunkel und still, er scheint schon zu Bett gegangen zu sein.

Plötzlich geht das Licht an und ich höre Schritte näherkommen. Während ich mich umdrehe, wappne ich mich für die schmerzvollste Nacht seit Langem. Ich blicke meinem Peiniger starr entgegen.

«Braves Mädchen.» Mein Gegenüber kommt auf mich zu, streicht mir sanft übers Haar und packt es dann fester. Er zieht mich zu sich und grinst mir frech ins Gesicht. Es gelingt mir nicht, einen schmerzerfüllten Schrei zu unterdrücken.

Ihn scheint es zu erfreuen.

«Dann lass uns beginnen.»

KAPITEL 7:
VERSCHWUNDEN

Leyla

Ich weiß nicht, wohin ich soll. Ich kann nicht zu Claire gehen. Alles und jeden, der mit der Arbeit zu tun hat, will ich da raus-lassen. Es ist zu riskant, dass sie sich verplappert. Auch ins Krankenhaus kann ich nicht gehen, um meine Mutter zu be-suchen. Dort würde man sofort Verdacht schöpfen und mich untersuchen.

Shane anzurufen, ist ausgeschlossen. Ich kann es ihm nicht sagen, auch wenn ich es ihm versprochen habe. Ich kenne mei-nen Stiefvater und solange er Macht über meine Mutter hat, muss ich mich ihm fügen. Shane würde das nicht verstehen. Er würde ihn anzeigen, um mich zu schützen, doch dann ist das Leben meiner Mutter in Gefahr.

Als ich am letzten Ort ankomme, der mir noch einfiel, atme ich noch einmal tief durch. Nein, es ist nicht mein Zuhause. Von dort bin ich gerade geflohen. An diesem Ort werde ich die Nacht bestimmt nicht verbringen.

Deshalb bin ich mit dem Taxi zu Violet gefahren. Mir ist be-wusst, dass sie Fragen stellen wird, sich auch Sorgen macht. Jedoch gibt es keine andere Möglichkeit.

Denn ich bin mit meinem Latein am Ende. Ich brauche je-manden, der mir hilft. Jemanden, der mich nicht an die Polizei verrät, damit meine Karriere als Model gefährdet oder meinem Stiefvater auf die Schliche kommt.

Eigentlich will ich nur nicht alleine sein. Ihre Gesellschaft wäre jetzt genau das Richtige. Vor allem aber weiß ich, dass Violet mir zuhören wird.

—

Der Schock steht ihr ins Gesicht geschrieben, als meine Freundin mir die Tür öffnet. Vorsichtig streicht sie über das blaue Auge. Ihr Mund steht weit offen und sie bringt keinen Ton heraus. Also nehme ich ihre Hand und drücke sanft zu.

«Kann ich heute Nacht bei dir bleiben?» Beim Aussprechen schließe ich die Augen und schnappe nach Luft. Ich kann die Tränen nicht mehr unterdrücken, sie rinnen mir schon über die Wangen.

Sofort zieht Violet mich zu sich und umschlingt mich fest. «Du kannst so lange bleiben, wie du willst.» Sie drückt mich noch einmal an sich, bevor sie mich hinein bittet. Ich rücke meinen Rucksack zurecht, den ich in Shanes Beisein gepackt hatte, bevor ich von zuhause geflüchtet bin, und trete in die Wohnung ein.

—

Shane

Als ich am nächsten Morgen aufwache und Leyla nicht in meiner Wohnung vorfinde, überkommt mich eine dunkle Vorahnung. Ich versuche, sie auf dem Handy zu erreichen, doch springt sofort die Mailbox an.

«Verdammt», entkommt es mir. Jedoch weiß ich, wohin mich mein nächster Weg führt. So leicht gebe ich nicht auf.

Vor Leylas Haus springe ich aus dem Fahrzeug und sprinte zur Eingangstür. Ich klopfe einige Male dagegen, doch niemand öffnet. Erneut probiere ich, sie auf dem Telefon zu erreichen.

Wieder nichts. Das ist eigenartig und ich bekomme ein ungutes Gefühl.

Dann beschließe ich zu läuten. Nach drei Mal lange Klingeln gehe ich zum Fenster neben der Tür. Da die Vorhänge zugezogen sind, kann ich nicht erkennen, ob sich jemand im Inneren aufhält.

Als Nächstes fahre ich zum Studio. Vielleicht ist sie schon auf der Arbeit, da sie heute ein Shooting hat. Warum sie alleine fahren wollte, ist mir allerdings ein Rätsel. Vielleicht will sie eine peinliche Situation vermeiden oder hat Angst, jemand könnte bemerken, was zwischen uns vorgefallen ist. Andererseits bin ich ihr Bodyguard, ich fahre sie immer, bin ihr Schatten, wo sie geht und steht. Wer weiß, was im Kopf dieses Teenagers vorgeht. Ich kann nur hoffen, dass ihr nichts zugestoßen ist.

Auch wenn es albern ist, hoffe ich insgeheim, dass es daran liegt und nicht, dass ihr Stiefvater sie erneut misshandelt hat.

Während ich ins Auto einsteige und losfahre, wähle ich Claires Nummer über die Freisprecheinrichtung. Hoffentlich weiß sie, wo dieses sturköpfige Modell steckt.

«Shane?», hebt sie ab, völlig außer Atem. «Ist Leyla bei dir?»

Fehlanzeige. Auch ihre Assistentin hat sie heute weder gesehen noch gehört. «Nein. Sie war nicht zuhause. Ich dachte, sie wäre schon bei euch», versuche ich, so ruhig wie möglich zu klingen.

«Nein, sie ist nicht hier. Ich wollte sie anrufen, da sich der Termin auf vier Uhr nachmittags verschoben hat. Die Halle wird noch von einer Filmcrew gebraucht. Bin aber nur in die Mailbox gekommen.»

«Alles klar. Mach dir keine Sorgen. Ich hab da so ein Gefühl, wo sie sein könnte.»

«Wo?»

«Vielleicht in ihrem Stammcafé oder bei ihrer Freundin Violet. Ich fahre gleich hin und gebe dir Bescheid.»

«Danke, Shane.»

Als ich den Anruf beendet habe, drücke ich sofort aufs Gaspedal und mache mich auf den Weg zum *Capital One* Café, in dem ich sie vor ein paar Wochen mit Violet angetroffen habe.

Dort angekommen muss ich leider feststellen, dass Leyla nicht hier ist. Jedoch entdecke ich Violet an der Kasse, wie sie mit zwei Bechern Richtung Ausgang eilt. Sie scheint mich nicht gesehen zu haben, also folge ich ihr unauffällig. Denn mein Gefühl sagt mir, dass der zweite Becher für Leyla ist.

—

Bis zu ihrem Wohnhaus bin ich ihr unbemerkt nachgegangen. Andere würden das vielleicht stalken nennen, doch ich mache nur meinen Job. Vor allem will ich herausfinden, ob der zweite Becher wirklich für Leyla ist.

Violet holt ihre Schlüssel heraus und sperrt die Tür zum Wohnhaus auf. Als sie darin verschwindet, stelle ich schnell genug meinen Fuß in die Tür und halte sie somit einen Spalt breit offen.

Ein paar Sekunden lasse ich verstreichen, dann schreite ich zum Lift und mache aus, in welchem Stockwerk er stehen bleibt.

Das Licht blinkt beim zweiten Stock auf. Gut, das schaffe ich auch zu Fuß. Ich sprinte die Stufen hinauf, bin ein bisschen außer Atem, kann mir aber keine Pause leisten.

Sofort laufe ich den Gang entlang und sehe, wie Violet gerade aus dem Lift aussteigt und zu der Eingangstür links daneben geht. Sie will aufsperren, als sie mich bemerkt.

«Shane?» Ihr Blick sagt mehr als tausend Worte. Sie will nicht, dass ich hier bin. Schon klar, sie versucht, etwas vor mir zu verheimlichen. Oder besser gesagt, jemanden.

«Wo ist sie?», frage ich geradeheraus, weil ich mir wirklich Sorgen mache.

«Wer?»

Verstehe. Sie will also dieses Spiel spielen. Jedoch bin ich nun ziemlich sicher, dass Leyla bei ihr ist. Was ich nicht verstehe, ist, warum sie abgehauen ist. «Du weißt, wen ich meine, Violet.»

«Oh, sieh an. Du kannst dich an meinen Namen erinnern.»

Erneut will sie vom Thema ablenken, aber sie unterschätzt mich. Ich kenne diese Tricks und ich falle darauf nicht herein.

«Lass diese Spielchen. Ich werde nicht gehen, ehe ich weiß, dass es Leyla gut geht. Ich bin für sie verantwortlich. Ich mache hier nur meinen Job.»

«Das ist sie also für dich? Nur ein Job?»

«Fang nicht wieder damit an, Violet.» Ich setze einen ernsteren Blick auf. «Da du gerade zugegeben hast, dass ich von Leyla spreche, nehme ich an, sie ist bei dir. Also lass mich rein.»

«Nein, vergiss es.»

Ich will mich an Violet vorbeidrängen und anklopfen, in der Hoffnung, dass Leyla von innen öffnet, doch Violet blockiert die Tür. Also atme ich einmal tief durch und besinne mich darauf, vernünftig zu bleiben.

«Ich möchte nur mit ihr reden.»

«Sie will aber nicht mit dir reden.» An ihrer finsteren Miene erkenne ich, dass sie mir misstraut. «Sie hat mir von eurer Nacht erzählt. Das ist ja *sehr professionell* für einen Bodyguard.»

«Ist sie deshalb abgehauen?» Irgendwie bin ich erleichtert und doch zugleich verwirrt, warum sie aus diesem Grund weglaufen sollte.

«Das geht dich nichts an und jetzt verschwinde.» Sie sieht mich finster an, als hätte ich weiß Gott was angestellt. Sie will mich wirklich loswerden.

Als letztes Mittel baue ich mich vor Violet auf und schlage einen ernsteren Ton an. «Mach die Tür auf und lass mich mit Leyla sprechen, sonst...»

«Sonst was?!», fällt sie mir wieder ins Wort. «Wirst du dann gewalttätig?»

Erschrocken gehe ich einen Schritt zurück. Doch sie fixiert mich, in ihren Augen blitzt es bösartig. «Ja, Shane Coleman, ich weiß, wer du bist. Oder besser gesagt, was du getan hast.» Ich wundere mich darüber, dass sie meinen richtigen Nachnamen kennt, bis sie weiterspricht. «Nachdem Leyla von dir erzählt hat, habe ich meine Kontakte spielen lassen, um herauszufinden, ob du der richtige Bodyguard für sie bist. Immerhin will ich nicht, dass irgendein Kerl meiner Leyla zu nahe kommt.»

«Wie bitte?» Das muss ich erst einmal verdauen. Was hat diese Frau für ein Problem? Was heißt hier *meine Leyla*? Diese Violet kann unmöglich von meiner Vergangenheit erfahren haben. Von wem sollte sie es wissen? Auch wenn sie meinen richtigen Nachnamen erfahren hat, diese Akten waren streng vertraulich. Mir wurde versichert, dass der Fall niemals an die Öffentlichkeit kommt.

Langsam blicke ich nicht mehr durch, beschließe dennoch, mich nicht verunsichern zu lassen.

«Mir ist es gleich, was du glaubst, über mich zu wissen. Ich bin hier, weil ich Leyla abholen will. Ich würde ihr nie etwas antun und es ist meine Aufgabe, sie zu beschützen. Und du hinderst mich daran, meine Arbeit zu machen. Dafür könnte ich dich anzeigen. Vor allem, weil du Leyla nicht selbst entscheiden lässt. Möglicherweise würde sie gerne herauskommen und mit mir sprechen, aber indem du sie in deiner Wohnung einsperrst, nimmst du ihr diese Möglichkeit. Das nennt man Freiheitsberaubung.»

Violet verzieht keine Miene, obwohl ich ziemlich gute Argumente geliefert habe.

«Zudem muss sie heute zur Arbeit. Sie hat ein Shooting», füge ich hinzu, um die Situation aufzulockern und Violet so vielleicht umzustimmen.

«Sie kann nicht zur Arbeit. Sie ist krank.» Violet bleibt eisern. Das muss ich ihr lassen, sie führt sich auf wie eine Löwenmama, die ihr Junges beschützt.

«Und wenn du nicht gleich verschwindest, Shane, dann rufe ich die Polizei und erzähle denen, dass du mich bis nach Hause verfolgt und bedrängt hast und du dir Zutritt in meine Wohnung verschaffen wolltest.»

«Das wäre eine Lüge.»

«Nur zum Teil. Aber kannst du das riskieren? Kannst du dir leisten, erneut als Stalker bezeichnet zu werden, Shane?»

Diese Frau kann mir wirklich gefährlich werden. Da ich diesen Job nicht verlieren darf, mache ich etwas, was ich bisher noch nie getan habe: Ich gebe auf.

«Gut, du hast gewonnen.»

Violet wirkt schlagartig erleichtert. Also verbirgt sie tatsächlich etwas. Trotzdem habe ich das Gefühl, dass dies nichts mit meiner Vergangenheit zu tun hat.

«Ich werde gehen und lasse Leyla bei dir. Aber sieh zu, dass sie wenigstens mit Claire telefoniert, die sich große Sorgen macht. Ansonsten fängt die Agentur an, Fragen zu stellen und Leyla könnte ihre Aufträge verlieren.»

Bevor ich mich dem Treppenhaus zuwende, werfe ich noch einen Blick über die Schulter zu und füge hinzu: «Es ist mir gleich, wie du über mich denkst, oder was du Leyla über mich erzählst, ich will nur nicht, dass sie verletzt oder ihre Karriere gefährdet wird.»

Damit gehe ich in Richtung Stufen und lasse Violet stehen. Mir ist egal, was diese Frau für Geschichten erfindet, um Leyla gegen mich aufzubringen, denn sie muss selbst entscheiden, was sie davon glaubt. Doch ich will, dass Leyla weiß, dass ich mir Sorgen um sie mache und sie mir etwas bedeutet.

KAPITEL 8:
DÜSTERE VERGANGENHEIT

Leyla

Ich habe alles gehört. Doch als Violet die Tür öffnet und mit den Kaffeebechern eintritt, schenkt sie mir ein Lächeln.

«Sorry, dass es so lange gedauert hat. Da war eine riesige Schlange vor der Kasse.»

Sie hat also beschlossen, mir nicht von ihrem Treffen mit Shane zu erzählen. Ob ich sie darauf ansprechen soll? Ich weiß, dass sie meinen Bodyguard nicht leiden kann, und offenbar traut sie ihm nicht über den Weg. Deshalb hat sie ihn nicht hereingelassen, damit er keinen Verdacht schöpfen und meine Wunden und blauen Flecke hinterfragen würde. Schließlich habe ich ihr nichts von der Auseinandersetzung von Shane und meinem Stiefvater erzählt.

Ich bin sicher, dass Violet mir nur helfen will, aber dass sie mir dies verheimlicht, macht mich stutzig. Violet hat weit mehr Kenntnis über Shane, als sie zugeben will.

Als sie die Becher abgestellt hat, schaut sie zu mir und scheint etwas in meinem Blick zu suchen. Dann atmet sie einmal tief durch und setzt sich.

«Du hast uns gehört» ist alles, was sie von sich gibt, und ich nicke. «Du hättest nicht gewollt, dass ich ihn hereinlasse, oder?»

Sofort schüttle ich den Kopf. Oh Gott, nein, auf keinen Fall will ich, dass mich Shane so sieht. Er würde mich sofort zu sich nach Hause nehmen wollen oder meinen Stiefvater bei der Polizei anzeigen. Vor allem wäre er wütend darüber, dass ich mich klammheimlich zu meinem Stiefvater geschlichen habe.

Jeweils mit einem Kaffeebecher in der Hand setzen wir uns auf die Sofakombination in Violets Wohnzimmer. Nach den Schrecken der letzten Nacht tut mir die Wärme richtig gut.

«Dann sollten wir besser überlegen, wie es nun weiter geht. Immerhin kannst du nicht nach Hause zurück.»

Violet hatte sogleich durchschaut, was mit mir passiert ist. Irgendwie bin ich sogar froh darüber.

«Nun gut», reißt sie mich aus meinen Gedanken. «Du kannst erstmal in meinem Bett schlafen und ich nehme das Sofa. Dann schläfst du mal besser.»

«Kommt gar nicht infrage», widerspreche ich sogleich. «Ich habe mich schließlich selbst eingeladen. Ich werde auf dem Sofa schlafen. Ich ... ich werde ohnehin nicht lange bleiben.»

«Hättest du morgen wieder ein Shooting?»

«Ja. Und auch zu dem heutigen muss ich gehen.»

«Was? In deinem Zustand ist das unmöglich.» Sie sieht mich schockiert an.

«Ich kann das nicht ausfallen lassen. Dann verliere ich meinen Job. Und mit Schminke habe ich die Male schon ein paar Mal vertuscht», sage ich, während ich mein Handy nehme und sehe, dass ich eine Nachricht von Claire habe. Das Shooting wurde auf 16 Uhr verschoben. Ich habe also noch Zeit.

«Ach ja, dein Bodyguard meinte, dass du deine Assistentin anrufen sollst, weil sie sich Sorgen macht.» Kurz wendet sie den Blick ab und hadert offenbar mit sich selbst, ob sie fortfahren soll. «Er macht sich scheinbar Gedanken über dich. Obwohl ich ja finde, dass er seine Nase nicht überall hineinstecken soll.»

«Das wird er nicht tun, Violet. Er nimmt seinen Job sehr ernst.»

«Der Typ nervt», gibt Violet noch von sich, bevor sie einen großen Schluck aus ihrem Becher nimmt, damit sie mir nicht die ganze Wahrheit erzählen muss.

—

Am Nachmittag fährt mich Violet zu den Filmstudios und beschließt, im Auto zu warten. Claire wird sich ohnehin wundern, warum ich ohne Shane aufgetaucht bin und Mutmaßungen anstellen.

Auf dem Weg zur Halle spüre ich die Blicke der anderen förmlich auf mir. Ich habe mir einen langen Rock und ein dünnes Leinenshirt von meiner Freundin geliehen, doch es ist noch immer brütend heiß. Mein Gesicht habe ich, so gut es ging, mit Eiswürfeln gekühlt, damit die Schwellungen zurückgehen und einiges an Make-up aufgetragen. Leider konnte ich damit nicht alles kaschieren. Deshalb trage ich auch eine Sonnenbrille und ein dünnes Halstuch.

«Leyla», ruft meine Assistentin schockiert, da sie mich in der Menge erkennt. «Was ist denn mit dir passiert?»

Sofort greift sie behutsam nach meinem Arm und bringt mich fort vom Zentrum der Aufmerksamkeit. Auch Matt ist nicht entgangen, dass etwas nicht in Ordnung ist, und folgt uns.

In einem Nebenraum angekommen deutet Claire auf einen Stuhl und ich nehme Platz, ohne Widerrede. Matt schließt die Tür hinter sich und mustert mich mit ernster Miene.

«Wer war das?», fragt er schließlich, während er seinen Blick über meinen Körper wandern lässt wie bei einer Bestandsaufnahme.

«Darüber kann ich nicht sprechen», erkläre ich.

Matt schnaubt. «So kannst du kein Shooting hinter dich bringen.» Er verschränkt seine Arme vor der Brust. Überlegt er gerade, wie man meine Schwellungen und blauen Flecke noch besser verbergen könnte? Oder denkt er darüber nach, wer dafür verantwortlich sein mag?

Vor Nervosität balle ich die Hände im Stoff meiner Leinenhose. «Wo steckt eigentlich dein Bodyguard?» Matt späht kurz in den Gang, da er Shane wohl dort vermutet.

«Er ist nicht hier. Shane weiß nichts davon…» Beschämt sehe ich zu Boden. Nicht, dass sie mir noch anmerken, dass ich eine Nacht bei ihm, nein, mit ihm verbracht habe. Das wäre das Ende unserer Zusammenarbeit. Ich will nicht, dass er ausgetauscht wird.

«Nun denn, dann müssen wir das Shooting für heute absagen. Sonst erregen wir zuviel Aufmerksamkeit. Auch wenn die Leute am Set Profis sind und der Geheimhaltung unterliegen, können wir das Risiko nicht eingehen, dass irgendjemand was über dich postet.» Ich nicke zustimmend. «Ich schätze, dein Bodyguard wartet vorm Studio?», fährt Matt fort. «Sag ihm, er soll dich nach Hause fahren. Ich werde erklären, dass du dich stark erkältet hast und so leichenblass und mit roter Nase nicht für eine Luxus-Hautcreme werben kannst. Auch den morgigen Auftrag muss ich absagen. Ich hoffe nur, dass die Firma uns nicht kündigt, aber egal, deine Gesundheit ist jetzt wichtiger. Besser, als wenn alle heute umsonst arbeiten, weil man die Bilder nicht verwenden kann.»

«Ich kann nicht nach Hause», widerspreche ich und ernte überraschte Blicke.

«Im Moment wohne ich bei Violet.»

«Deiner Freundin vom Yoga?», fragt Claire, der ich schon von ihr erzählt habe.

«Dann hat das hier etwas mit deiner Familie zu tun?», schlussfolgert mein Manager und deutet dabei auf mein Gesicht.

Ich atme einmal tief durch, bevor ich antworte. «Ja.»

Noch bevor Matt eine Frage stellen kann, falle ich ihm ins Wort. «Das darf nicht an die Öffentlichkeit. Ich will nicht, dass mein Stiefvater angezeigt wird.»

«Dein Stiefvater?», fragt Claire schockiert.

Matt lässt die Sache nicht auf sich beruhen. Er hat beinahe den gleichen Gesichtsausdruck wie Shane, als er davon erfahren hat. «Wir können ihm das nicht durchgehen lassen.»

«Bitte, ihr müsst das für euch behalten. Ich kann vorerst bei Violet bleiben.»

Daran, wie sie ihre Mundwinkel nach unten ziehen, ist es ihnen nicht recht, wenn mein Stiefvater unbehelligt davonkommt. Natürlich verstehe ich, dass sie mich nur schützen wollen, so wie Shane, doch ich will das Leben meiner Mutter nicht gefährden. Ich habe immer noch zu viel Angst vor der Unberechenbarkeit meines Vormunds.

«Gut, aber bleibe auch bei Violet», beharrt Matt. «Und wenn sie keine Zeit hat, weicht Shane nicht von deiner Seite.»

«Ansonsten kannst du auch bei mir wohnen», bietet meine Assistentin an.

«Ich danke euch.» Bevor ich den Raum verlasse, drehe ich mich noch einmal zu den beiden um und schenke ihnen eine Umarmung, die zeigen soll, dass es mir gut geht und sie sich keine Sorgen zu machen brauchen.

—

Shane

Am nächsten Morgen beschließe ich, erneut zu Violet zu fahren. Vielleicht ist Leyla noch bei ihr.

Ich habe Glück. Es geht gerade jemand ins Haus hinein, sodass ich hinter ihm durch die Tür schlüpfen kann. Da ich weiß, in welches Stockwerk ich muss, nehme ich diesmal den Lift.

In dem Moment, wo sich die Türen öffnen, starren mich plötzlich zwei wunderschöne blaue Augen an. Und ich weiß genau, zu wem sie gehören.

«Leyla?», frage ich verwundert.

Kurz rührt sie sich nicht, dann dreht sie sich ruckartig um und will das Weite suchen, als ich sie am Arm zurückhalte. Diesmal entkommt sie mir nicht.

Sie will fliehen, versucht, irgendwie frei zu kommen, doch ich bin stärker, ziehe sie zu mir. Wie erstarrt hat sie den Mund leicht geöffnet, gibt jedoch keinen Ton von sich.

Während ich sie mustere, fällt mir auf, dass sie ein blaues Auge hat und ihr Gesicht leicht angeschwollen ist. Von ihrem Körper kann ich nicht viel erkennen, da sie erneut lange Kleidung trägt, obwohl es ziemlich heiß ist. Sie will wieder etwas verbergen. Anhand ihres angstvollen Blicks kann ich erahnen, dass wieder etwas vorgefallen ist. Mittlerweile kann ich sie recht gut deuten.

Langsam fahre ich ihren Arm hinab zu ihrer Hand und fühle, wie sie zittert. Mit der anderen Hand streiche ich ihr vorsichtig übers Gesicht und sie zuckt kurz zusammen.

Plötzlich reißt sie ihre Augen weit auf und blitzschnell macht sie einen Satz zurück. «Bitte, zeig ihn nicht an.» Mit diesen Worten läuft sie zurück in die Wohnung und schließt die Tür.

Ich eile ihr hinterher, erwische sie aber nicht mehr. «Leyla, warum bist du abgehauen? Wieso bist du wieder zu ihm gegangen?»

Natürlich antwortet sie mir nicht. Meinen Kopf an die verschlossene Tür gelehnt überlege ich, was ich tun kann. Sie hat es vorgezogen, bei ihrer Freundin Schutz zu suchen. Und offensichtlich war sie wieder zuhause. Bei ihm.

Obwohl es meine Aufgabe ist, sie zu beschützen, habe ich das Gefühl, ständig zu versagen. Ja, ich wurde eingesetzt, um sie vor übergriffigen Fans oder vor Stalkern zu schützen, die sie wegen ihres guten Aussehens lieben. Trotzdem macht es mir zu schaffen, dass ich ihr nicht helfen kann. Halt, falsch, ich könnte ihr helfen. Sie will es nur nicht zulassen. Dabei benötigt sie meine Hilfe mehr als jeder meiner Schützlinge zuvor.

Diese Wut, die langsam in mir hochsteigt, lässt mich mit der Faust gegen die Tür knallen. Ich beiße die Zähne zusammen, beschließe jedoch, diesen Ort zu verlassen. Es bringt nichts, zu warten. Sie wird nicht herauskommen. Und bevor ich wieder als Stalker gelte, gehe ich besser.

Am besten ist es, wenn ich warte, bis sie von selbst zu mir kommt. Trotzdem sollte ich sie bei ihrem Job krank melden. Vorerst kann sie nicht vor die Kamera. Dann denke ich noch einmal an die schiere Angst in ihren Augen und erneut steigt Zorn in mir auf, der langsam in Hass übergeht. Eines steht fest, wenn ich ihren Stiefvater noch einmal dabei erwische, wie er sich an ihr vergreift, befördere ich ihn eigenhändig ins Grab.

—

Beim Studio angekommen finde ich nur Matt vor, der scheinbar wichtige Telefonate führt. Es wundert mich, dass ich Claire noch nicht entdeckt habe oder Patrick, Leylas Fotografen. Fällt das Shooting heute aus? Oder warum ist niemand hier, der sonst bei den Arbeiten mithilft?

Matt hat mich mittlerweile bemerkt. Er nähert sich und hat eine, mir bisher unbekannt ernste Miene aufgesetzt.

«Shane, was machst du denn hier?» Wieso wirkt er so verwundert? Eher müsste es ihn überraschen, dass ich ohne Model auftauche.

«Leyla kann heute nicht kommen. Sie ist krank», antworte ich.

«Ja, ich weiß, sie hat es mir selbst erzählt.» Er beäugt mich skeptisch. «Ist etwas zwischen euch vorgefallen?»

«Nein.»

Das war eine glatte Lüge. Doch ich kann ihn schlecht vor vollendete Tatsachen stellen und ihm alles erzählen. Von Leylas Stiefvater, ihrer Unterkunft bei Violet und unserer gemeinsamen Nacht.

«Verstehe. Kann ich dich unter vier Augen sprechen?»

In einem kleinen Büro angekommen schließt er die Tür und bittet mich, Platz zu nehmen.

«Unser Gespräch handelt nicht von Leyla, sondern von dir Shane.»

Violet hat also nicht dichtgehalten. Was auch immer geschehen wird, ich muss mich zurückhalten. Oder hat Leyla etwas über unsere Nacht erzählt? Nein, das wäre auch für sie schlecht. Immerhin möchte ich Leyla als Bodyguard zur Seite stehen und sie scheint sich in meiner Nähe sehr wohl zu fühlen. Vor allem jetzt, da ich weiß, dass auch sie ein dunkles Geheimnis hat, dem sie nicht entkommen kann.

«Ich weiß», tastet sich Matt vorsichtig an das eigentliche Thema heran, «dass dein Job nicht immer leicht war, oder ist. Auch ist mir klar, dass diese Informationen, die ich von Leylas Freundin erhalten habe, streng vertraulich sind. Ich glaube, dass auch ich nichts darüber wissen sollte. Doch ich wollte mich selbst davon überzeugen und es von dir hören. Ich möchte die Wahrheit kennen, Shane. Deshalb bitte ich dich, mir zu erzählen, was bei diesem Auftrag vor zwei Jahren vorgefallen ist.»

Ich sehe ihn ernst an. Ich habe nicht vor, mich ihm zu erklären. Meine Arme vor der Brust verschränkt wird meinem Gegenüber klar, dass ich schweigen werde.

Matt atmet einmal tief durch und macht dann einen Schritt auf mich zu. «Wenn du nicht kooperierst, lässt du mir keine andere Wahl.»

Droht er mir gerade?

«Ich will nicht, dass Leyla ihren Bodyguard verliert, aber du bist austauschbar. Das solltest du wissen.»

«Es ist gleich, was ich dir erzähle», entscheide ich mich doch, mit ihm zu reden. «Für Leyla ist es gefährlich und die Geschichte wird mich nicht als den Guten dastehen lassen. Auch wenn das, was damals vorgefallen ist, nichts mit ihr zu tun hat.»

«Shane, du hättest diesen Auftrag nicht annehmen sollen. Damit hast du Leyla bereits in Gefahr gebracht.»

«Ich würde nicht...» Ich mache eine kurze Pause. «Sie braucht meinen Schutz.»

«Nein.» Die Miene meines Gegenübers verfinstert sich. «Es tut mir leid, Shane, dass ich das jetzt tun muss.»

Er reicht mir ein Blatt Papier, auf dem in großen Buchstaben steht, was ich schon zu Beginn dieses Gesprächs befürchtet hatte.

VERTRAGSAUFLÖSUNG.

«Halte dich von ihr fern, Shane.»

Na wunderbar. Matt glaubt also auch, dass ich ein Frauen schlagender Mistkerl bin. Wie Violet. Wie jeder, der von der Sache von damals nur die eine Seite der Geschichte erfahren hat.

«Du machst einen großen Fehler, Matt.» Ich reiße ihm das Schriftstück aus der Hand und schicke ihm meinen finstersten Blick. Kein «Aufwiedersehen», kein «Mach's gut», nein, ich gehe ohne ein weiteres Wort. Der Zorn, der sich in mir breitmacht, verbietet mir, noch etwas zu sagen, denn alles, was meinen Mund verlassen würde, wäre nicht sehr zivilisiert.

Während ich zu meinem Wagen gehe, überlege ich meine nächsten Schritte. *«Halte dich von ihr fern.»* Genau das kann ich nicht tun. Damit würde ich sie im Stich lassen, würde sie aufgeben. Dafür ist sie mir zu wichtig geworden. Es hätte nicht passieren dürfen, doch ich kann diese Gefühle nicht länger unterdrücken. Will nicht mehr so tun, als wäre das nur meine Arbeit. Ich möchte bei ihr sein, sie im Arm halten und aus dieser schwierigen Situation befreien. Ich habe Gefühle für sie, die nicht sein dürften, doch sie sind da. Ich will ihr Anker sein, denn ich brauche sie. Und sie braucht mich.

—

Leyla

«Bist du sicher, dass du nach Hause willst?», fragt mich Violet, während sie später am Abend den Wagen vor meinem Elternhaus parkt.

Nein, bin ich nicht, aber das kann ich ihr nicht sagen. Sie hat schon genug für mich getan, hat mich bei sich aufgenommen, und mich vor Shane versteckt. Es wundert mich immer noch, dass er nicht öfter versucht hat, mich von dort fortzubringen.

Wenn ich an seine Berührungen zurückdenke, wird mir warm. Ich mag es, wenn Shane für mich da ist. Das mochte ich schon immer. Selbst wenn ich zu Beginn Angst hatte, dass er Macht über mich ausüben könnte, oder mir das Gleiche antun würde, wenn ich nicht gehorche, wie ... Nein. Er würde das nicht tun. Schließlich wäre er sonst kein Bodyguard geworden. Oder?

«Leyla?» Violet sieht mich fragend an, da ich ihr noch immer keine Antwort gegeben habe.

«Tut mir leid, ich habe über Shane nachgedacht.» Sofort halte ich mir mit einer Hand den Mund zu. Wieso habe ich das jetzt laut gesagt? Violet kann ihn doch nicht ausstehen.

Sie holt einmal tief Luft, bevor sie mich mitleidig ansieht. «Willst du die Wahrheit über Shane erfahren?»

Überrascht nicke ich. Was auch immer sie über ihn herausgefunden hat, war wohl nichts Gutes. Warum also will sie auf einmal darüber sprechen?

«Gut. Was ich über ihn erfahren habe, hat selbst mich schockiert. Das hätte ich ihm niemals zugetraut.»

Was soll diese Einleitung? Warum sagt sie mir nicht einfach, was los ist? Denn verdammt, was auch immer vorgefallen ist, jetzt hat sie mich neugierig gemacht.

Noch einmal atmet meine Freundin tief ein und aus, bevor sie mit der Wahrheit herausrückt.

«Du solltest Shane nicht mehr treffen, Leyla, und es wäre besser, wenn er nicht mehr dein Bodyguard wäre. Das hat mit einem Auftrag von vor zwei Jahren zu tun. Er hat damals eine Frau beschützt, bis er seinen Job verlor, weil er...» Ihre Augen verengen sich und ihr Blick wird leidvoll. «Weil er sie geschlagen hat.»

KAPITEL 9:
SCHLIMME SCHICKSALE

Leyla

Alles zieht sich in mir zusammen und ich bekomme plötzlich keine Luft mehr. *Weil er sie geschlagen hat.* Wie ein Donnergrollen hallt es immer wieder in meinem Kopf, und ich drohe an dieser Erkenntnis zu ersticken. Ich schnappe nach Luft und weiß nicht mehr, wo ich hinschauen soll.

«Leyla? Ist alles in Ordnung?» Ich bemerke die Besorgnis in Violets Stimme, kann aber nur den Kopf schütteln und nichts erwidern. Plötzlich spüre ich eine Hand, die meinen Gurt öffnet und mich zu sich zieht.

«Es tut mir leid. Ich wollte nur, dass du die Wahrheit kennst.»

Immer noch benebelt dauert es, bis meine Ohren die Worte aufgenommen haben und mein Gehirn sie verarbeitet hat. Ich weiß, dass meine Freundin nur helfen will, aber so etwas zu erfahren, von dem ersten Mann, den ich in mein Herz gelassen habe ... Das war einfach zu viel.

Nach ein paar Minuten in ihren Armen habe ich mich wieder beruhigt. Ich versuche, alle Kraft zu sammeln, die ich noch habe, für diese eine Frage: «Ist das wahr?»

Der kurze Blick, den Violet auf den Boden und dann wieder auf mich richtet, und ihre aufeinandergepressten Lippen verraten mir bereits die Antwort. Es ist wahr.

Langsam setze ich mich wieder auf, blicke hinaus zu meinem Zuhause und denke zum ersten Mal seit den letzten Monaten, dass dies nicht der schlimmste Ort ist. Denn ich könnte jetzt bei Shane sein. Wie konnte er so etwas tun? Das Schmerzlichste aber ist die Tatsache: Ich habe mit ihm geschlafen. Mit einem Mann, der wie mein Stiefvater ist.

Ich nicke Violet zum Dank zu und öffne die Tür des Wagens. Den Rucksack umgeschnallt schreite ich den gepflasterten Weg zum Eingang entlang.

«Soll ich dich zur Tür begleiten?», fragt Violet.

Mit einem Lächeln in ihre Richtung verneine ich. Ich habe ihr gesagt, dass mein Stiefvater nicht zu Hause wäre, dass er geschäftlich die nächsten Tage verreist sei. Natürlich war das eine Lüge, aber Violet hätte mich sonst nie hierher gefahren. Und das wollte ich. Mein Schicksal liegt alleine in meinen Händen und ich will ihr nicht weiter eine Last sein. Auch Claire kann ich nicht anrufen, denn ich will niemandem mehr Sorgen bereiten. Zudem muss ich meine Mutter schützen.

Während ich zur Tür gehe, denke ich darüber nach, was für ein Mensch Shane ist. Ich kann es nicht ändern, meine Gedanken wandern immer wieder zu ihm. Die letzten Wochen verliefen beinahe unbeschwert und ich habe unsere Autofahrten, Shoppingtouren und gemeinsamen Essen wirklich genossen. Ebenso wie unser Date und vor allem der Sex. Es war, als hätte er einen Teil von mir aus einer Gefängniszelle befreit, in der ich mich so lange eingeschlossen hatte. Durch ihn hatte ich das Gefühl, sicher zu sein. Zumindest, wenn ich nicht zu Hause war. Vor allem seine Anwesenheit hat mir Wärme geschenkt, auch wenn er es nicht beabsichtigt hatte.

Dass er das getan haben soll, kann ich nicht glauben. Obwohl er auch mich, gerade am Anfang, mit festem Griff gepackt hatte, sodass ich es mit der Angst zu tun bekam. Jedoch lag das bei mir an etwas anderem. Das war nicht Shanes Schuld.

Trotz allem bin ich mir sicher, dass mich Violet nicht angelogen hat. Shane und sie können sich nicht ausstehen, aber deshalb denkt sich meine Freundin nicht so eine Geschichte aus.

Tatsache ist, ich muss Shane persönlich darauf ansprechen und es von ihm bestätigt bekommen. Es bringt nichts, wenn ich meinem Bodyguard nur aus dem Weg gehe. Irgendwann muss ich wieder mit ihm reden. Möglicherweise…

Bevor ich meinen Satz zu Ende denken kann, öffnet sich die Tür wie von selbst. Langsam sehe ich in das Gesicht des Mannes, der sie geöffnet hat.

«Na endlich.»

Schlagartig wird mir klar, wo ich bin. Ehe ich reagieren kann, greift er nach meinem Arm und zieht mich so hastig ins Haus, dass ich vornüber fliege und hart auf den Boden knalle.

Ich versuche aufzustehen, merke jedoch, dass ich immer noch geschwächt bin. Die paar Tage bei Violet haben nicht geholfen. Vielleicht ist es auch die Angst, die mich meiner Kraft beraubt.

Er lässt die Tür laut ins Schloss fallen, zieht seinen Gürtel aus seiner Hose und schnalzt ihn neben mir auf dem Fliesenboden auf.

«Also, wo warst du?»

Ich traue mich nicht, in sein Gesicht zu sehen, aber ich weiß, dass es eine Fratze mit einem gehässigen Grinsen ist.

Ich halte mir den Mund zu, bevor ich anfange zu weinen, denn dieses Geräusch spornt ihn noch mehr an. «Shane», entkommt es mir dann doch und ich reiße meine Augen weit auf.

«Shane?!», schreit mein Stiefvater. «Du warst die ganze Zeit bei einem Kerl?!»

Noch bevor ich fühlen kann, wie der Gürtel auf mich nieder prescht, wird alles schwarz vor meinen Augen und ich verliere das Bewusstsein.

—

Shane

Morgen werde ich den Chef meiner Agentur anrufen und auch meinen Anwalt und sie fragen, wie das alles passieren konnte. Immerhin war das damals nicht meine Schuld. Dieser Auftrag, der mich fast meine Arbeitsstelle als Bodyguard gekostet hätte. Die Zeit im Gefängnis. Der Vorfall hätte geheim bleiben sollen. Es wusste kaum einer davon. Wer also hat geredet? Oder besser, wer kennt Violet und hat ihr diese Informationen gegeben?

Ich weiß nicht, was schief gelaufen ist, aber ich werde es herausfinden und derjenige wird sich wünschen, mir nie begegnet worden zu sein.

Ich bleibe kurz stehen, weil ich mich sammeln muss. Da ich nicht schlafen konnte, bin ich noch eine Runde laufen gegangen, um meinen Kopf frei zu bekommen. Funktioniert nur nicht so richtig. Immer wieder kreisen meine Gedanken um meine Vergangenheit, die Vertragsauflösung und um Leyla. Ich starre zum Mond hinauf und versuche, mich wieder zu beruhigen.

Plötzlich höre ich ein Schluchzen. Nicht weit von mir entfernt sitzt ein Mädchen auf einer Schaukel. In demselben Park, in dem ich gerade laufe. Ich hätte nicht gedacht, dass um diese Uhrzeit überhaupt noch jemand hier ist.

Vorsichtig nähere ich mich der Unbekannten, da sie wie ein verängstigtes Reh auf mich wirkt, dass man nicht verscheuchen will. Ihre Haare hängen vor ihrem Gesicht und verdecken dieses.

«Ist alles okay bei dir?» Ich will fürsorglich klingen, doch ihre Reaktion zeigt mir, dass ich sie erschreckt habe: Stocksteif sitzt sie auf einmal aufrecht und dreht langsam ihren Kopf zu mir.

Als ich erkenne, wer hinter diesem zerbrechlichen Mädchen steckt, bleibt mir beinahe das Herz stehen. Mit verquollenen Augen und einem verheulten Gesicht, starrt Leyla mich wortlos an. Ihre Lippen sind fest aufeinandergepresst, wohl um zu verhindern, dass ein Laut aus ihrem Mund kommt. Doch das Leid, das sie in ihren Augen trägt, lässt mich Dinge fühlen, die ich noch nie zuvor in meinem Leben so wahrnahm.

«Leyla?», frage ich, da ich immer noch nicht fassen kann, dass sie vor mir sitzt.

Sogleich dreht sie den Kopf weg.

«Leyla, sieh mich an.» Während ich mich ihr nähere, erkennen ich, dass ihre Hose zerrissen ist und Blut ihre Beine hinabläuft. Ihre Knie sind wund und aufgeschlagen.

«Was zum ... Was ist mit dir passiert?» Unermesslicher Zorn steigt in mir auf. «Warst du wieder bei ihm? Hat er das getan?»

«Bitte...», fleht sie und zittert dabei am ganzen Leib. «Sieh nicht her ... sieh mich nicht an ... Shane ...»

Ihr Flehen geht in ein Glucksen über und erstickt ihre Stimme.

Ich hole ein Taschentuch aus meiner Hosentasche und tupfe damit das Blut ab. Während ich ihre Knie säubere, erfüllt ein beklemmendes Gefühl meine Brust und erneut steigt Wut in mir auf. Leyla wischt sich mit dem Handrücken ihre Tränen aus dem Gesicht.

Leider hilft es nicht, denn sie weint immer weiter.

Ich bin ratlos. Zum ersten Mal in meinem Job weiß ich nicht, was ich tun soll. Wie beschützt man jemanden wie Leyla? Wie soll ich ihr helfen, wenn sie sich selbst immer wieder in diese Gruft von Einsamkeit und Schmerz sperrt?

Genau genommen weiß ich so einiges von ihr, doch dieses Geheimnis will sie vor der Welt versteckt halten. Diese Last, die sie alleine tragen muss. Sie ist erst siebzehn Jahre alt und ist von einem Schicksal gezeichnet, das sich die meisten Menschen nicht einmal vorstellen können.

Die Frage, ob ihr Stiefvater Leyla das angetan hat, erübrigt sich. Ich bin mir ziemlich sicher, dass dieser Mistkerl dahinter steckt.

Vorsichtig stehe ich auf und nehme ihre Hände in meine. Dann ziehe ich sie langsam zu mir hoch und merke, dass sie kaum stehen kann. Als sie kurz die Balance verliert, fange ich sie wieder auf, streiche ihr sanft über die geschwollene Wange, woraufhin sie kurz zusammenzuckt.

Langsam schlingt sie ihre Arme um meinen Hals und legt ihren Kopf an meine Brust. Mit der einen Hand stütze ich immer noch ihren Rücken, mit der anderen streichle ich sanft über ihren Kopf, bis ich ihn schließlich zärtlich küsse.

Plötzlich sieht sie zu mir auf und ein gequältes Lächeln dringt hervor. «Bitte, bleib bei mir ... Shane.»

Sofort füllen sich ihre Augen mit Tränen und sie vergräbt ihren Kopf in meinem T-Shirt.

«Keine Angst, ich kenne einen Ort, an dem du sicher bist.»

Erneut bricht ihre zerbrechliche Seite durch und durchnässt mein T-Shirt. Doch all das ist mir egal, solange ich sie im Arm halten und ihr ein Gefühl von Wärme und Sicherheit vermitteln kann.

Nach ein paar Minuten hat sie sich etwas beruhigt. Meine Taschentücher sind beinahe aufgebraucht und sie wischt sich die letzten Tränen aus dem Gesicht.

Da ich weiß, dass sie nicht richtig gehen kann, greife ich mit meinem linken Arm unter ihre Kniekehlen und stütze mit der anderen Hand ihren Rücken, sodass ich sie zu meinem Wagen tragen kann.

Es zerreißt mir immer noch das Herz, sie so gebrochen zu sehen, und ich kämpfe mittlerweile gegen meine eigene Traurigkeit. Dennoch muss ich mich jetzt am Riemen reißen und Stärke zeigen. Auch wenn ich auf dem Papier nicht mehr ihr Bodyguard bin, werde ich trotzdem für sie da sein und sie mit meinem Leben schützen. Denn ganz gleich, wie es weiter geht, diese Frau ist mir zu wichtig geworden, um sie einfach so aufzugeben.

—

Die Haustür steht offen, also gehen wir gleich hinein. Als wir mit dem Lift nach oben fahren, hoffe ich, dass meine Schwester zuhause ist. Sie und Dave kennen die Geschichte von damals. Deshalb werden sie es verstehen, warum Leyla nicht bei mir bleiben kann und sie bei sich aufnehmen. Anders wäre es zu gefährlich. Ihr Stiefvater könnte meine Adresse, über die Agentur herausfinden oder ich bekomme wirklich Probleme mit Matt, da er von meiner Vergangenheit weiß. Vor allem nach der Vertragsauflösung will ich nicht in Schwierigkeiten geraten, weil ich mich Leyla genähert oder sie mit zu mir nach Hause genommen habe.

Einmal geklingelt öffnet Shanon sofort die Tür. Sie trägt ein hübsches Kleid. Wollte sie gerade irgendwohin?

«Shane. Mit dir hatte ich nicht gerechnet. Was tust du...» Sogleich fällt ihr Leyla neben mir auf. Sie öffnet die Tür ganz und bittet uns herein.

«Tut mir leid, dass ich einfach so aufkreuze, aber ich brauche eure Hilfe», erkläre ich und komme damit gleich zur Sache.

«Was ist denn los?», fragt nun auch Dave, der gerade ins Zimmer kommt. Ein kurzer Blick auf meine Begleitung genügt und sein Gesichtsausdruck wirkt erschrocken.

«Kann Leyla heute Nacht bei euch schlafen?», frage ich, um die Stille und das Starren zu beenden.

«Nun ... weißt du, Dave und ich gehen auf ein Konzert und Daves Vater kommt gleich vorbei, um auf Riley aufzupassen.» Kurz überlegt meine Schwester und wendet sich dann an Leyla. «Aber wenn du möchtest, kannst du trotzdem gerne hier bleiben. Wir könnten dir das Sofa zurechtmachen.»

«Nein, danke. Ich will keine Umstände machen», flüstert sie. «Vielleicht fahre ich besser nach Hause.»

Sie hat wohl das Gefühl, nicht willkommen zu sein. Beinahe aus der Tür getreten, halte ich sie am Arm zurück. «Vergiss es.»

Erschrocken starrt sie mich an. Das klang härter als beabsichtigt. Schnell lasse ich ihre Hand los und atme einmal tief durch. «Tut mir leid, aber du machst ihnen keine Umstände. Nicht wahr?» Damit wende ich mich an meine Schwester.

«Nein, das ist wirklich kein Problem. Ich bin übrigens Shanon, Shanes Schwester. Ich weiß nicht, ob er dir von mir erzählt hat.» Sie schenkt Leyla ein so charmantes Lächeln, dass diese es erwidert und sich langsam von meiner Schwester zur Couch führen lässt.

Endlich kann ich ein wenig aufatmen, da sie, zumindest für heute Nacht, sicher ist.

Nun verstehe ich auch Violets Reaktion auf mich und warum sie Leyla vor mir abschirmen wollte. Vermutlich weiß Violet nicht, dass ich bereits hinter Leylas Geheimnis gekommen bin. Violet wollte ihre Freundin bloß schützen und hat sich deshalb so eigenartig benommen. Obwohl das, was sie über mich und meine Vergangenheit weiß, ebenfalls ihr Verhalten erklären würde.

Zuallererst war jedoch wichtig, Leyla in ein sicheres Versteck zu bringen. Ganz gleich, wie sehr dieser Mistkerl versuchen wird, sie ausfindig zu machen. Hier wird er sie nicht finden.

«Onkel Shane.» Riley holt mich zurück in die Gegenwart, während sie an meinem T-Shirt zupft und von mir in den Arm genommen werden will. Offenbar hat sie unser Gespräch gehört und wollte mir ‹Hallo› sagen.

«Hey, meine Kleine. Solltest du nicht längst im Bett sein?» Sie grinst schelmisch, weil sie genau weiß, dass ich die Antwort kenne, bis sie Leyla entdeckt.

«Wer ist das?»

Eilig hüpft sie von meinem Arm und läuft zu Leyla, die sie geradezu erschrocken ansieht. «Hallo, ich bin Riley. Bist du das Model, auf das mein Onkel aufpasst?»

«Ja», antwortet sie und macht dabei ein eigenartig glückliches Gesicht. Woran denkt sie wohl gerade?

«Was machst du hier?» Meine Nichte ist weiterhin neugierig.

«Sie wird hier übernachten», erklärt Shanon.

«Toll, dann können wir zusammen spielen.»

Leyla lächelt sie an. «Wenn deine Mama es erlaubt», sagt sie schließlich.

Die beiden sehen zu meiner Schwester und diese schnauft kurz. «Meinetwegen. Vorher wirst du ohnehin nicht schlafen.» Sie holt Rileys Kuscheltiere aus dem Zimmer, um sie damit abzulenken und spielen zu lassen.

Währenddessen versuche ich, mir über die Geschehnisse klar zu werden. Seit wann ist meine Nichte so zutraulich in der Gegenwart von Fremden? Warum spricht sie Leyla nicht auf ihre Wunden an? Oder hat sie es genau gesehen und will Leyla auf andere Gedanken bringen?

Aber auch Leyla verhält sich anders als sonst. Sie wirkt fröhlicher, zeigt eine süße Seite an ihr, die ich so noch nicht kannte.

Als Shanon ihnen die Stofftiere gebracht hat, signalisiert sie uns, in die Küche zu gehen, um ungestört zu reden.

«Das ist eigenartig», bemerkt Dave. «Riley ist sonst nicht so gegenüber Fremden, ganz gleich ob Mann oder Frau.»

«Ja, das ist wahr», stimmt ihm meine Schwester zu. «Jetzt erzähl mal, Shane. Was ist passiert?»

«Ich vermute, dass ihr Stiefvater wieder dahinter steckt. Ich habe sie im Park auf einer Schaukel gefunden. Sie ist minderjährig und sollte nicht bei mir übernachten, daher habe ich sie hierher gebracht.»

«Wieder? Soll das heißen, das ist schon öfter passiert?», fragt Dave schließlich. Es wundert mich, dies gerade aus seinem Mund zu hören, da ich vermute, dass er Riley auf irgendeine Weise misshandelt. Vielleicht verstehen sich Leyla und sie deshalb so gut. Möglicherweise fühlen sie, dass sie den gleichen Schmerz teilen. Aber nein, woher sollte Leyla das von Riley wissen?

Schon erhalte ich meine Antwort.

«Jetzt weiß ich wieder, wo ich sie schon mal gesehen habe», fügt meine Schwester hinzu. «Weißt du noch, Dave? Wir waren bei Rileys Lehrerin Miss Smith, wo wir über Rileys eigenartiges Verhalten gesprochen haben, zu Schulschluss. Leyla hat damals im Gang gewartet. Sie ist so hübsch, da ist sie mir gleich aufgefallen und ich habe mich gefragt, ob sie eine neue Lehrkraft ist.»

«Ja, stimmt», fällt es Dave auch wieder ein. «Ich habe sie nur kurz gesehen, da Riley rausgerannt ist und ich ihr hinterher geeilt bin. Dennoch, das war sie.»

«Damals habe ich nicht realisiert, dass das dein Model ist, Shane», wendet sich Shanon wieder an mich.

«Ich habe es schon mal gesagt, sie ist nicht *mein Model*.» Ich sehe kurz zu ihr hinüber. «Nicht mehr», füge ich noch leiser hinzu.

«Was?»

Shanon hört alles. Ich kann ihr nichts vormachen. Vielleicht ist es besser, ich erzähle ihnen die Wahrheit.

«Der Vertrag wurde aufgelöst, aber Leyla weiß noch nichts davon und ich wäre euch sehr dankbar, wenn das heute Nacht so bleibt. Ich will sie nicht noch mehr beunruhigen und sie wird es ohnehin in den nächsten Tagen von ihrem Manager erfahren.»

Die beiden nicken und warten darauf, dass ich ihnen den Grund für meinen Jobverlust nenne.

«Die Sache ist die: Matt, Leylas Manager, hat vom Auftrag von vor zwei Jahren erfahren. Daraufhin hat er mich gefeuert und mir befohlen, mich von Leyla fernzuhalten. Das ist auch der wahre Grund, warum ich sie zu euch gebracht und nicht mit zu mir genommen habe.»

«Wie konnte er davon erfahren?», will Shanon wissen. «Die Sache war streng geheim. Nicht einmal wir wussten davon, bis du es uns erzählt hast. Ebenso wurde der Aufenthalt im Gefängnis aus deinen Akten gelöscht.»

«Irgendjemand muss geredet haben», schlussfolgert Dave. «Wie hätte es sonst ihr Manager erfahren?» Mit einem Nicken deutet er auf Leyla.

«Violet hat es ihm vermutlich verraten, eine Freundin von Leyla. Von wem sie es allerdings weiß, habe ich noch nicht herausgefunden.»

In dem Moment wird mir klar, dass es dabei einen Zusammenhang gibt. Wenn Shanon und Dave Leyla schon begegnet sind und sie in einer Schule auf jemanden gewartet hat, bedeutet das, dass sie Rileys Lehrerin kennt. Jetzt dämmert es mir. Leyla hat nicht viele Freundinnen, bis auf Claire und ... Violet.

«Wie heißt Miss Smith mit Vornamen? Weißt du das, Shanon?»

«Violet, glaube ich. Ja, Violet Smith.»

Also doch. Ich wusste, dass Violet Lehrerin ist. Solche Informationen stehen in den Akten der Fälle, die ich zu schützen habe. Der Freundeskreis, in welchem Stadtteil sie leben, was sie arbeiten. Jedoch wurde mir erst jetzt bewusst, dass sie Rileys Lehrerin ist.

Das bedeutet, sie weiß auch, dass mit Riley etwas nicht stimmt, und hat Nachforschungen angestellt, bezüglich deren Umfeld. Das ist natürlich nur eine Vermutung, aber so ist sie wohl auf mich gestoßen. Da ich ihr von Anfang an unsympathisch war, hat sie weiter geforscht.

Jetzt gilt es noch aufzudecken, wer ihr diese Infos gesteckt hat. Sie muss jemanden kennen, der Zugang zu all diesen Akten hat.

Meine größte Angst ist jedoch, dass Leyla in meine Sache mithineingezogen wird. Ich will sie nicht in Gefahr bringen. Einerseits will ich sie beschützen, vor allem und jedem. Nie wieder, will ich sie mit solchen Wunden und so zerbrechlich sehen.

Andererseits kann meine Anwesenheit für sie große Gefahr bedeuten. Denn wer auch immer in meiner Vergangenheit gegraben hat und mir nun Steine in den Weg legen will, der hat es auf mich abgesehen. Möglicherweise ist das auch der Grund, warum gerade Violet davon erfahren hat. Sie ist die Schlüsselfigur zu Leyla und mir.

Seit dem Vorfall von damals habe ich nur Jobs als Leibwächter für Männer oder männliche Teenager angenommen. Es waren meist kleine Aufträge. Leyla ist seit zwei Jahren die erste Frau, für die ich als Bodyguard tätig bin und die ich länger beschütze als für ein – oder zwei Auftritte.

Erneut bin ich ratlos. Was mache ich nun?

KAPITEL 10:
GEFÄHRLICHE NÄHE

Leyla

Dieses kleine Mädchen, das hier vor mir sitzt, kann unmöglich ein solch hartes Schicksal haben. Es sei denn, sie versteckt ihre größten Schmerzen und dunkelsten Geheimnisse vor der Welt ebenso gut wie ich.

Violets Worte drängen sich wieder in mein Gedächtnis. *Weißt du Leyla, ich will nicht auf häusliche Gewalt schließen, aber ich denke, dass der Vater etwas damit zu tun hat.* Was auch immer mit ihr passiert ist, Dave wirkt nicht so auf mich, als wäre er gewalttätig. Ich erkenne, wenn jemand ein falsches Spiel spielt.

Diese heutige Nacht könnte für Riley genau so viel Erlösung bringen, wie für mich, als ich mich Shane und Violet anvertraut habe. Mag sein, dass sie mir verrät, was sie bedrückt. Wenn ich mich geschickt anstelle, kann ich womöglich hinter ihre Fassade blicken. Mit Sicherheit kann ich schon sagen, dass sie nicht geschlagen wird. Diese Male kann man nicht so leicht verstecken. Und ihr kleiner Körper würde längere Zeit benötigen, um sich davon zu erholen.

Dennoch hallen Violets Worte immer wieder in meinen Ohren, dass etwas nicht mit rechten Dingen zugeht. Eines steht für mich fest: Ich werde Riley heute Nacht nicht aus den Augen lassen. Denn ich habe eine andere Vermutung, die sich nur zeigt, wenn sie schläft.

Auch Shane bereitet mir Kopfzerbrechen. Ich kann, nein, ich will nicht glauben, dass er einen früheren Schützling geschlagen hat. Ebenso wenig denke ich, dass Violet lügt. Deshalb muss ich noch herausfinden, warum sie mir das erzählt hat.

«Leyla?», reißt mich mein Bodyguard aus meinen Gedanken. «Ich muss jetzt gehen.»

Shane hat meine Knie mit einem Verband umwickelt und meine Wunden versorgt. Er weiß genau, wie man so etwas macht. Ob er das in seinem Job gelernt hat? Ganz gleich, ich liebe seine sanften Berührungen. Seine Zärtlichkeit, mit der er sich um meine Verletzungen kümmert und dabei versucht, mich kaum zu berühren.

Leider bleibt mir keine Zeit zum Träumen, denn seine Nichte will sich von ihm verabschieden. Riley schenkt ihm noch eine letzte Umarmung, bevor Shanon sie in ihr Zimmer begleitet. «Komm, wir bringen dich jetzt ins Bett.»

Sie zieht eine Schnute, die eindeutig zeigt, was sie davon hält, doch sie geht brav mit ihren Eltern mit.

Mir ist bewusst, dass sie das auch tun, damit Shane mit mir alleine sprechen kann. Ihm müssen tausend Fragen durch den Kopf schwirren, jedoch weiß ich nicht, ob ich ihm nur eine davon beantworten will. Ob ich mich ihm öffnen und ihm alles über die vergangenen Stunden erzählen will.

«Morgen Früh werde ich mich bei dir melden und nach dir sehen. Es ist für Shanon okay, wenn du noch ein paar Tage hier bleibst.» Vorsichtig streicht er mir über den Arm, nachdem er neben mir auf dem Sofa Platz genommen hat. Ich lasse es zu. «Zudem werde ich auch Violet Bescheid geben, wo du wirklich bist und ihr erzählen, was passiert ist, wenn das für dich passt. Da sie die Wahrheit kennt, macht sie sich sonst unnötig Sorgen.»

Kurz nicke ich, weil ich es wirklich süß finde, wie er an alle in seinem Umfeld denkt, selbst an jene, die er nicht leiden kann.

Er ist wirklich der geborene Bodyguard. Trotzdem will ich nicht, dass er geht, und halte ihn deshalb an seinem Shirt zurück, während er sich erhebt. «Warum kann ich nicht bei dir schlafen? So wie letztes Mal?»

Sofort sieht er mich an, als wolle er noch etwas sagen, belässt es und streichelt stattdessen sanft meine Wange. «Du kannst mich jederzeit anrufen, wenn du magst. Ganz egal, wie es weiter geht, ich werde für dich da sein. Ich bleibe an deiner Seite, wenn du das möchtest. Aber heute Nacht solltest du lieber hier bleiben.»

Ich muss ihn fragen. Es lässt mir keine Ruhe, bis ich die Wahrheit kenne. «Violet hat mir erzählt...» Das ist schwieriger, als ich dachte. Vorsichtig taste ich mich heran. «Ist es wahr? Hast du die Frau damals...» Ich wage es nicht, die Worte auszusprechen. Nicht weil, Riley oder ihre Eltern es hören könnten, sondern, weil es mir zu nahe geht und ich es selbst nicht glauben will.

An seiner Reaktion sehe ich, dass es für ihn ebenso schwer ist, über dieses Thema zu sprechen. Einmal tief Luft geholt beginnt er zu erklären. «Weißt du ... Ich ...»

Plötzlich klingelt es an der Tür und er wird unterbrochen.

Shanes Schwester und sein Schwager kommen aus dem Nebenzimmer und öffnen die Tür. Ein Mann, der Dave zum Verwechseln ähnlich sieht, betritt die Wohnung und starrt mich kurz verwirrt an, ehe Shanon ihn mit einer Umarmung begrüßt.

«Hey. Danke, dass du wieder auf sie aufpasst.»

«Keine Ursache. Wo ist die Kleine?»

«Wir haben Riley schon ins Bett gebracht, Dad», erklärt nun Dave und gibt ihm die Hand zur Begrüßung.

«Verstehe, gut.» Danach fällt der Blick des Fremden auf mich. «Wer ist das?»

Er wirkt nicht erfreut, mich zu sehen. Dabei treffe ich diesen Mann zum ersten Mal in meinem Leben.

Shane steht von der Couch auf und reicht ihm ebenso die Hand zur Begrüßung. «Hallo Rick. Wir haben uns ja ein Weilchen nicht mehr gesehen.» Im Anschluss dreht er sich zu mir, um mich vorzustellen. «Das ist Leyla.»

Der Höflichkeit halber stehe ich auf und will ihm die Hand schütteln, doch er nimmt sie nur zaghaft, streicht eigenartig sanft meinen Handrücken.

Gänsehaut überzieht meinen Körper und ich ziehe die Hand schnell zurück. Irgendetwas ist eigenartig an diesem Mann. Oder habe ich es mir nur eingebildet?

«Sie wird heute Nacht hier schlafen. Aber du kannst das Gästezimmer haben, Rick», erläutert Shanon.

«Gut, verstehe.» Wieder dieses eigenartige Grinsen. Dabei hat Shanes Schwester gar nichts Witziges gesagt.

«Leyla, ist es in Ordnung, wenn wir morgen weiterreden?», fragt mich Shane schließlich. «Außer du möchtest...»

«Nein. Schon gut, dann sehen wir uns morgen.» Ich schenke ihm noch ein Lächeln, um ihn auf andere Gedanken zu bringen. Erst will ich die Wahrheit über Riley herausfinden. Außerdem soll dieser Rick nicht alles mitbekommen. Ich weiß nicht, wie viel er über Shane weiß, aber irgendwie traue ich ihm nicht.

«Okay, dann gute Nacht.» Shane gibt mir einen Kuss auf die Wange und schenkt mir ein Lächeln, das mein Herz erwärmt. Dann beugt er sich noch einmal zu mir herunter und küsst mich auf die Lippen. Erneut grinst er breit und schreitet zur Tür.

Für einen Moment bin ich sprachlos, freue mich jedoch darüber. Diese sanfte Art, die er mir die letzten Tage entgegengebracht hat, schätze ich sehr und will ich nicht mehr missen. Auch wenn Violet der Meinung ist, dass er gewalttätig wäre, kann ich mir das nicht vorstellen. Zumindest mir gegenüber ist er es definitiv nicht. Vor allem aber liebe ich seine Küsse.

Nachdem mein Bodyguard gegangen ist, machen sich auch Shanon und Dave auf den Weg zu ihrem Konzert. «Wenn du was brauchst, hier ist meine Nummer.» Sie reicht mir einen Zettel.

«Danke, habt viel Spaß.» Wir verabschieden uns voneinander und ich bleibe alleine mit Rick zurück.

«Willst du Tee?», fragt er mich als Erstes.

«Nein, danke.» Eigentlich hätte ich gerne was zu trinken, aber nicht von ihm. Vor allem nicht, wenn er Tee mit einem so eigenartigen Ausdruck in den Augen zubereitet. Irgendetwas ist faul an ihm. Er hat kein ehrliches Gesicht.

—

Als ich mitten in der Nacht aufwache, sehe ich auf mein Handy. Es ist ein Uhr morgens. Es dauert einen Moment, bis mir wieder einfällt, warum ich auf einem fremden Sofa liege. Shane hat mich zu seiner Schwester gebracht. Langsam setze ich mich auf und reibe mir die Augen. Mein Gesicht ist immer noch geschwollen und schmerzt. Genau genommen tut mir alles weh. Meine Knie sind mit Verbänden eingebunden und ich denke sofort wieder an ihn. Shane.

Während ich über meine Wunden streife, merke ich, wie trocken meine Kehle ist, und gehe in die Küche, um mir Wasser zu holen. Das Licht lasse ich dabei ausgeschaltet, da durchs Fenster Mondlicht ins Zimmer fällt.

Zurück auf dem Sofa nehme ich noch einen letzten Schluck, bevor ich das Glas auf dem Tisch platziere und mich wieder in die Decke kuschle. Meine Lider werden schwer und ich gleite langsam in den Schlaf, bis ich plötzlich von einem eigenartigen Geräusch geweckt werde.

Die Augen weit aufgerissen, wage ich es nicht, mich zu bewegen. Ich hoffe, dass mich meine Ohren getäuscht haben, doch dann höre ich es erneut. Es klingt wie...

Stöhnen.

Ein dumpfes Glucksen.

Als würde jemand weinen, sich jedoch die Hand vor den Mund halten. Oder den Mund zugehalten bekommen?

Mein Atem geht schneller. Was ist das? Was geschieht im Zimmer nebenan?

Vorsichtig luge ich hinter dem Sofa hervor, kann jedoch niemanden sehen. Ich ziehe mir die Decke bis zum Kopf und hoffe immer noch, dass ich mich getäuscht habe.

Sogleich folgt ein lauteres Stöhnen und kurze Stille. Im nächsten Moment höre ich ein Weinen. Das Weinen eines kleinen Mädchens.

In meinem Hals schnürt sich ein Knoten zusammen, der mir die Luft zum Atmen raubt. An Schlaf ist nicht mehr zu denken. Ich weiß, was ich gehört habe, und bin mir ziemlich sicher, es definieren zu können, doch das will ich nicht. Ich will nicht, dass das im Zimmer nebenan passiert ist.

Plötzlich steigt, gepaart mit der Angst, die mich stocksteif werden lässt, unermessliche Wut in mir auf. Sie durchfährt meinen Körper wie eine Feuersbrunst.

Bevor ich weiter darüber nachdenken kann, höre ich Schritte.

Sie kommen näher.

Schnell ziehe ich die Decke bis zu meiner Stirn und schließe meine Augen. Ich muss mich schlafend stellen. Vielleicht lässt er mich dann in Ruhe.

Ich höre schweres Atmen über mir, halte meine Augen jedoch geschlossen. Dann spüre ich, wie jemand meine Decke von meinem Gesicht fortzieht.

Er beobachtet mich eine Weile. Ich spüre seinen Atem auf meiner Haut und seine Hand, die mich eigenartig sanft zudeckt. Danach folgen erneut leise Schritte, die sich entfernen und ich höre eine Tür, die ins Schloss fällt.

Sofort reiße ich meine Augen auf und schnaufe vor mich hin, als wäre ich gerade einen Marathon gelaufen. Im Nebenzimmer weint Riley leise.

Im Bad erklingt das Plätschern von Wasser. Er ist also duschen gegangen.

Am liebsten würde ich zu ihr gehen und sie in den Arm nehmen. Ihr sagen, dass alles gut wird und diesen verdammten ... Aber ich kann nicht. Mir fehlen die Worte. Selbst wenn ich wüsste, wie ich Riley trösten könnte, kein Ton würde über meine Lippen kommen. Ich bin wie gelähmt. Keinen einzigen Schritt könnte ich im Moment machen.

Bis auch mich die Angst komplett um den Verstand bringt und mich in Tränen ausbrechen lässt. Kein «Alles wird gut». Ich schaffe es nicht, mich zu bewegen. Deshalb bleibe ich so liegen. Die ganze Nacht, ohne mich zu rühren, ohne der kleinen Riley beizustehen.

Meine eigene Inkompetenz macht mich wütend. Doch meine Befürchtung, was er mir antun würde, lähmt mich immer mehr. Was soll ich nur tun?

Ich bin alleine. Ich bin machtlos. Ich habe Angst.

KAPITEL 11:
DAS RÄTSEL UM RILEY

Shane

Als ich am nächsten Morgen bei meiner Schwester auftauche, wirkt Leyla müde. Sehr müde. Hat sie letzte Nacht nicht gut geschlafen? Vielleicht sind ihre körperlichen Schmerzen größer, als ich vermutet habe. Was bin ich nur für ein Dummkopf. Nur weil ich sie an einen sicheren Ort bringe, wird sie nicht all das Leid vergessen, was sie ausgestanden hat.

Riley, die neben ihr auf dem Sofa sitzt und sich mit ihr einen Film ansieht, ist genauso erschöpft. Immer wieder fallen ihr die Augen zu und ihr Kopf rutscht auf Leylas Schulter. Doch Leyla legt ihren Arm sanft um meine Nichte und deckt sie zu. Ein sanftes Lächeln gleitet über ihre Lippen. So sehen die beiden fast aus wie Schwestern.

Mein Gefühl sagt mir, dass da tatsächlich etwas ist, dass sie verbindet. Nicht nur die Tatsache, dass Violet Rileys Lehrerin und Leylas Freundin ist. Nein, da ist mehr.

«Shane. Hörst du mir zu?» Shanon schnippt mir mit dem Finger vorm Gesicht herum, da ich offenbar nicht reagiert habe. «Willst du einen Kaffee zum Frühstück?» Sie wirkt, als würde sie mich das zum dritten Mal fragen. Kann sein, dass ich die ersten beiden Fragen nicht mitbekommen habe. Ich habe auch nicht genug geschlafen, oder besser gesagt, war abgelenkt.

Dave kommt gerade aus dem Schlafzimmer, fertig angezogen und sieht mich irritiert an. «Warum bist du so früh hier?»

«Es ist elf Uhr am Vormittag, von früh kann nicht die Rede sein.»

«Sorry, wir sind erst vor Kurzem aufgestanden. Das Konzert hat bis ein Uhr gedauert und dann waren wir mit ein paar Leuten was trinken.»

Ich wiegle seinen vermeintlichen Kater mit einem Lächeln ab und schüttle nur den Kopf. «Schon gut, nach einer Tasse Kaffee geht's dir besser.» Grinsend setze ich mich an den Esstisch, wo Shanon das Frühstück bereitstellt, und beobachte Leyla und Riley.

«Du kannst wohl die Augen nicht von ihr lassen», scherzt Dave und lacht dann so laut, dass auch Leyla es hört.

Als sich unsere Blicke treffen, suche ich einen Punkt, an dem ich Halt finde. Nervös fange ich an, mit dem Löffel im Kaffee zu rühren, den mir Shanon gerade vor die Nase stellt. Noch nie zuvor hat mich eine Frau so aus dem Konzept gebracht wie Leyla.

«Seit wann bist du denn auf, Shane? Konntest du schon ein paar von deinen Erledigungen machen?», fragt Shanon und nimmt gegenüber von mir Platz. «Riley, Leyla, kommt frühstücken.»

Beide gehorchen brav und gesellen sich zu uns. Riley nimmt zwischen ihrer Mutter und ihrem Vater Platz und Leyla setzt sich neben mich. Nur kurz linse ich zu ihr, bevor ich meiner Schwester antworte.

«Ja, aber ich muss nochmal los, da ich mich mit einem Freund treffe, der mir ein paar Informationen liefert. Auch meinen Chef muss ich anrufen, um...» Ich stoppe, sehe kurz zu Leyla, bevor ich fortfahre. «Um ein paar geschäftliche Angelegenheiten zu regeln. Nichts Ernstes.» Dadurch schwäche ich das Ganze ab und hoffe, dass meine Sitznachbarin keinen Verdacht schöpft. «Du bleibst solange hier, Leyla. Ist das in Ordnung? Claire hat mir geschrieben, dass du ein paar Tage frei hast.»

Sie nickt verständnisvoll und auch meine Schwester scheint nichts dagegen zu haben.

«Geht es deinen Wunden schon besser?», frage ich schließlich. Zum einen will ich das Thema wechseln und zum anderen mache ich mir wirklich Sorgen.

«Ja, danke. Du hast sie gut versorgt.» Dieses süße Lächeln, das in meine Richtung geht, löst ein angenehmes Kribbeln in mir aus. Am liebsten würde ich sie jetzt küssen. Das sollte ich allerdings nicht tun. Nicht hier am Frühstückstisch. Zudem weiß ich immer noch nicht, wie es um ihre Gefühle für mich steht. Sie scheint zwar nichts dagegen zu haben, wenn ich sie küsse und noch mehr, aber vielleicht war das nur eine Laune ihrerseits. Bisher habe ich sie stets überrumpelt. Vermutlich würde ich es jederzeit wieder tun.

Bald muss ich es ihr sagen, dass ich nicht mehr ihr Bodyguard bin. Mit Sicherheit hat ihr Manager es noch nicht erwähnt, da sie mich sonst darauf angesprochen hätte. Er denkt wohl, dass die Sache noch warten kann, weil er ja nichts hiervon weiß.

«Magst du deinen gebratenen Speck nicht?», fragt Shanon schließlich. Erst jetzt merke ich, dass ich so in Gedanken versunken war, dass ich nur im Essen herumgestochert habe. «Doch, tut mir leid. Ich habe nur über etwas nachgedacht.»

«Shane, ich habe Violet geschrieben, wo ich bin», ergreift Leyla schließlich das Wort. Ein weiteres, süßes Lächeln geht in meine Richtung. Sie legt ihre Hände in den Schoß und sieht nicht mehr hoch. «Ich habe ihr gesagt, dass du für mich da bist. Auch von der guten Versorgung meiner Wunden und deiner fürsorglichen Art habe ich ihr erzählt.» Jetzt sieht sie mich wieder direkt an. «Ich weiß, dass du mir nie etwas antun würdest.»

Wie vom Blitz getroffen lege ich mein Besteck auf den Teller und nehme sie in den Arm. Dieses junge, hübsche Mädchen, das schon so viel durchmachen musste. Nein, ich würde ihr nie etwas antun. Das könnte ich nicht. Dennoch bin ich mir bewusst, dass sie damit auf meine Vergangenheit anspielt. Die Geschichte, über die wir noch nicht gesprochen haben. Damit will sie mir wohl versichern, dass sie Violet nicht glaubt. Also werde ich ihr die Wahrheit sagen. Einen Versuch ist es wert. Wie sie es aufnehmen wird? Die schlimmste Vorstellung wäre wohl jene, in der sie mich komplett meidet.

Nachdem ich sie wieder losgelassen habe, schenkt Leyla mir ein Lächeln. Mir wird innerlich heiß und meine Sehnsucht nimmt überhand. Ich schnappe mir ihr Kinn und ziehe es sanft zu mir, bis ihr Gesicht direkt vor meinem ist. Dann drücke ich meine Lippen auf ihre und küsse sie lange.

«Leyla und Shane, sitzen auf 'nem Baum», fängt Riley an zu singen, bis ihr Shanon die Hand vor den Mund hält.

«Shane!», ermahnt sie mich dann.

Trotzdem lasse ich nur langsam von Leyla ab. Ich sehe ihr tief in die Augen. Sie verschlingt mich mit dem gleichen Blick wie in jener Nacht.

Im selben Augenblick wird ihr anscheinend klar, was gerade passiert ist, läuft rot an und dreht sich wieder richtig zum Tisch.

«Wow» ist alles, was meinem Schwager über die Lippen kommt. Indes fällt ein Stück Käse von seinem Brot, weil er gerade abbeißen wollte. Zumindest, bis ich diese Aktion gerissen habe.

«Dir ist klar, dass wir beim Frühstück sitzen?» Die Frage meiner Schwester klingt mehr nach einer Feststellung. Trotzdem mache ich keine Anstalten, mich zu entschuldigen.

«Ist mir klar.» Ich nehme einen Bissen von meinem Brötchen und genieße den gebratenen Speck. Rileys Lachen löst die eigenartige Stille. Trotzdem verbringen wir die restliche Zeit schweigend am Tisch.

Nachdem alle fertig gespeist haben, beginnt Shanon, den Tisch abzuräumen. Leyla bietet ihre Hilfe an, doch meine Schwester lehnt dankend ab. Deshalb geht sie auf den Balkon, um frische Luft zu schnappen.

Dave geht derweil mit seiner Tochter Hände waschen und ich nutze den Moment und begebe mich ebenso nach draußen.

Endlich sind wir zu zweit. Wie auch immer sie nun reagieren wird, ich lasse sie nicht im Stich.

«Man hat hier oben eine schöne Aussicht», bemerkt Leyla. Wir sind so weit oben, dass wir die Straßenzüge überblicken können, in denen überall Palmen in die Höhe ragen.

«Allerdings.» Ich nehme ihre Hände in meine und drehe sie zu mir. «Leyla, ich muss dir etwas sagen.»

Ihr Mund steht leicht offen, gibt jedoch keine Frage frei. Sie sieht mich bloß abwartend an.

Genau genommen weiß ich gar nicht, wo ich anfangen soll. Wovon berichte ich als Erstes? Was ist weniger schmerzhaft für sie?

«Gut, ich muss mit dir auch über etwas reden.» Ihr Blick fällt kurz in die Wohnung. «Aber nicht hier. Können wir vielleicht eine Runde Spazieren gehen?»

Ich habe noch zwei Stunden Zeit bis zu meinem nächsten Termin und nicke. Trotzdem bin ich nervös, was nun folgen wird.

Vor der Eingangstür atme ich die frische Luft ein und werde mir bewusst, dass nun ein Gespräch folgt, das mir Leyla für immer entreißen könnte.

Sanft zieht sie mich an der Hand zu einer Bank, die neben dem Haus steht, und ich folge ihr. Wir setzen uns und keiner von uns beiden weiß so recht, wie er anfangen soll.

«Wie gut kennst du Riley?», fragt Leyla schließlich und bringt mich damit völlig durcheinader. Was hat Riley damit zu tun?

«Erzählt sie dir all ihre Geheimnisse?»

«Was?» Völlig verwirrt hoffe ich, dass sie weiterspricht.

«Sie hütet ein dunkles Geheimnis. Ich weiß nicht, warum sie darüber schweigt. Vielleicht fällt es ihr genauso schwer ... Aber ich kenne die Wahrheit, Shane.»

Jetzt sieht sie mir direkt in die Augen. Ich habe mittlerweile komplett den Faden verloren. Geht es hier wirklich um Riley?

«Sie hat etwas erlebt, dass ich nicht in Worte fassen kann. Shane, sie braucht deine Hilfe. Ja, sie braucht Hilfe.» Leyla hält sich die Hand vor den Mund und ich sehe, wie ihr Tränen über die Wangen laufen. «Shane, sie braucht dich.»

Ich kann nicht anders, als sie erneut in den Arm zu nehmen. Ich verstehe, was sie mir sagen will, und ich bin mir sicher, dass sie nicht wirklich von Riley spricht. Nein, sie meint sich selbst. So versucht sie wohl, mir zu sagen, dass ihr alles zu viel wird.

—

Leyla

«Alles wird gut, Leyla. Ich verstehe dich. Ich bin für dich da.» Sanft streicht mir mein Bodyguard übers Haar und zeigt dabei erneut seine zärtliche Seite. In diesem Moment fühle ich mich wirklich geborgen. Eine Emotion, die ich schon lange nicht mehr gespürt habe. Nicht mal Violet konnte mir dieses Gefühl geben. Das letzte Mal, wo ich so etwas wahrgenommen habe, war bei meiner Mutter. Das ist schon lange her.

Ich will aufhören zu weinen, aber ich kann nicht. Will ihm mitteilen, was ich heute Nacht gehört habe, doch kein Ton verlässt meine Lippen. Stattdessen zittere ich und schnappe nach Luft.

Eigentlich will ich meine Schwächen nicht vor ihm zeigen. Shane soll nicht wissen, wie gebrochen ich bin und was ein einziges falsches Wort in mir auslösen kann. Dennoch lasse ich es zu. Dieser Mann gibt mir Sicherheit und eine Schulter zum Anlehnen. Er schenkt mir so viel Wärme, dass ich es kaum in Worte fassen kann.

Nach ein paar Minuten habe ich mich wieder beruhigt. Mir ist egal, dass uns die Passanten anstarren und ich womöglich gerade der Mittelpunkt der Stadt bin. Auch ist mir bewusst, dass mich vielleicht manche von ihnen wiedererkennen. Doch im Augenblick zählt nur eines für mich: die Wahrheit.

Wieder aufrecht hingesetzt atme ich einmal tief durch und nehme all meinen Mut zusammen. Denn diese Sache duldet keinen Aufschub.

«Geht's wieder?», fragt er so fürsorglich, dass ich ihn dafür erneut umarmen will.

«Ja, danke. Und nun zu … heute Nacht.» Er betrachtet mich verständnislos. «Du musst deiner Schwester und auch deinem Schwager sagen, dass er nicht mehr auf Riley aufpassen darf. Nie wieder.»

Shane legt seine Stirn in Falten, er denkt angestrengt über meine Worte nach.

«Verstehst du, was ich sagen will, Shane?»

«Um ehrlich zu sein, kann ich dir nicht ganz folgen.»

«Ihr müsst Rileys Großvater von ihr fern halten.» Ich muss dieses kleine Mädchen beschützen, ich muss es einfach. «Shane, Rileys Großvater … er …» Ich schaffe es nicht. Der Knoten in meinem Hals zieht sich zu. Demnach muss ich einen anderen Weg finden, es ihm zu erklären. Das Erste, das mir einfällt, ist mein Handy. Ich zücke es und schreibe ein einziges Wort, das wieder und wieder vor meinen Augen abläuft, in eine Nachricht. Meine Hände zittern. Ich kann das Telefon kaum halten. Mir wird schlecht, jedes Mal, wenn ich an die vergangenen Stunden denke und doch dulde ich keinen Aufschub mehr.

Shane greift nach meinen bebenden Händen, weil er das Wort nicht lesen kann. Als er sie umfasst, werde ich gelassener. Selbst jetzt hat er diese beruhigende Wirkung auf mich.

Beim Lesen bewegt er leise seine Lippen mit: *Vergewaltigung.*

Plötzlich springt er auf, greift nach meinem Arm und zieht mich mit sich, zurück ins Wohnhaus seiner Schwester.

Oben angekommen geht der Sprint weiter. Shane läuft Richtung Tür und knallt mit der Faust so kräftig dagegen, dass ich befürchte, sie könnte unter der Gewalt nachgeben. Schließlich öffnet Shanon und ihr Bruder stürmt in die Wohnung. Vor dem Sofa macht er Halt, lässt meinen Arm los und streicht darüber. Ganz genau inspiziert er den Sitzplatz. Ohne dass einer von uns zu Wort kommt, läuft er in Rileys Zimmer.

Wie von der Tarantel gestochen folgen Shanon, Dave und ich ihm. Dort tastet er ebenso das Laken ab und riecht daran. Mit der Taschenlampe seines Handys leuchtet er darüber, scheint jedoch nichts zu finden. «Verdammt!»

Wütend schlägt er mit der Faust gegen die Wand.

«Shane!», ermahnt ihn seine Schwester. «Was soll das? Was suchst du denn?»

Einer Eingebung folgend verlässt er den Raum. Diesmal treibt es ihn ins Badezimmer, wo die Schmutzwäsche in einem Korb gelagert wird. Mittlerweile wird mir klar, wonach er sucht. Beweise für letzte Nacht.

Als Riley zu uns kommt, sieht sie verängstigt aus. «Mama, was macht Onkel Shane da?»

«Gar nichts, Schatz. Dave, gehst du bitte mit ihr ins Wohnzimmer?»

«Nein», widerspricht Shane. «Dave bleibt hier.» Dann fällt sein Blick auf mich. «Könntest du mit ihr ins Wohnzimmer gehen?»

Angestrengt ringt er sich ein Lächeln ab, obwohl ihm danach nicht zumute ist. Ich nicke verständnisvoll und wechsle mit Riley den Raum. Ich muss nicht hören, was sie jetzt besprechen, ich weiß es. Shane wird ihnen berichten, was ich ihm erzählt habe. Er wird die Wahrheit ans Licht bringen.

KAPITEL 12:
DIE WAHRHEIT KOMMT ANS LICHT

Shane

«Gut, Riley ist draußen. Jetzt sag mir, was lost ist.» Shanon versteht mein Handeln nicht, meine Unruhe, doch gleich wird sie das. Bevor ich jedoch preisgebe, was ich weiß, muss ich noch eine Sache klären.

Zornig stürme ich auf Dave zu, drücke ihn unsanft gegen die Wand und sehe ihm tief in die Augen. «Hast du es gewusst?», brülle ich. «Sag mir, ob du es gewusst hast?»

«Shane!» Meine Schwester begreift noch immer nicht. «Lass ihn los.»

In Daves Augen erkenne ich, dass auch er ratlos ist. Ich lasse langsam von ihm ab, durchbohre ihn jedoch weiterhin mit meinem Blick.

«Was soll ich wissen?», fragt er, während er sich genervt sein Hemd richtet und ich weiterhin den Wäschekorb durchwühle.

Endlich habe ich es gefunden. Den Beweis, der ihn überführen wird. Deshalb halte ich das Laken vor Shanon und Dave und deute auf eine helle Spur und Blutflecken, die sich daneben befinden.

Vorsichtig nähert sich meine Schwester, um zu erkennen, wovon sie stammen. Dave begreift schneller, reißt mir das Spannleintuch förmlich aus der Hand. «Schatz, das ist doch Rileys.» Eine Feststellung, durch die ihm langsam klar wird, was ich herausgefunden habe.

Shanon tippt sich mit zwei Fingern nachdenklich auf ihre Lippen, bevor sie antwortet.

«Ja. Aber warum ist es hier? Hat dein Vater ihr Bett neu bezogen?»

«Die bessere Frage ist: Warum macht er das mitten in der Nacht?», bringe ich mich ein und hoffe, damit die beiden auf die richtige Spur zu bringen. Ich selbst bringe es nicht übers Herz, die Worte auszusprechen. Ebenso wenig wie Leyla. Ich kann ihnen das nicht sagen. Wenn es mich schon erschrocken hat, wie ein Großvater dazu fähig ist, und ich unaussprechlichen Zorn gegenüber diesem Mistkerl fühlte, dann ist es für Shanon und Dave ein Schock fürs Leben.

«Sag mir, ob ich richtig liege, Shane. Ist Riley ver...» Dave presst die Lippen wütend aufeinander und schluckt laut.

Plötzlich verliert Shanon das Gleichgewicht und bricht auf dem Boden zusammen. Mein Schwager fängt sie gerade noch auf und zieht sie wieder hoch. Sie sieht ihm tief in die Augen und ihre Lippen zittern leicht. «Ist Riley ... ist sie missbraucht worden?»

Meine Schwester hat mehr Mut als wir alle zusammen. Ich sehe, wie ihre Augen glasig werden und sie sich an ihren Mann klammert. Sie vergräbt ihr Gesicht in seinem Hemd und fängt an zu schluchzen.

Dave hält sie fest im Arm und streicht ihr sanft über den Kopf. Er will sie trösten, kämpft aber selbst mit den Tränen.

Ich habe schon so viel in meinem Job gesehen. Gewalt, Drogenmissbrauch, illegale Geschäfte und auch Vergewaltigungen. Jedoch ist es etwas anderes, etwas ganz anderes, wenn es in der eigenen Familie passiert. Es nimmt einen auf eine Art und Weise mit, wie ich es kaum beschreiben kann. Es zerfrisst mich und ich will selbst gewalttätig werden. Das würde zwar nur zu mehr Gewalt führen und doch würde ich diesem miesen Dreckskerl so gerne eine verpassen.

Wie all das für Dave sein muss, der solch eine Wahrheit über seinen Vater erfahren hat, will ich mir gar nicht vorstellen. Welcher Hass in ihm brodeln muss. Im Moment mag er verletzt sein und nicht im Stande sich zu wehren, doch wenn dies vorüber ist, wird sich sein Vater wünschen, all das nie getan zu haben.

Ich lege meine Hände auf ihre Schultern, will Anteilnahme zeigen, auch wenn dies ihren Schmerz nur mäßig lindert.

Ein paar Minuten später hat sich meine Schwester beruhigt und auch Dave scheint seine Wut und Trauer unter Kontrolle zu haben. Sie sehen sich gegenseitig an, mit einem Blick, der mir verrät, dass tief in ihnen großer Schmerz verankert ist.

«Danke, dass du es für uns herausgefunden hast», sagt schließlich Dave.

«Eigentlich war Leyla es, die mir davon erzählt hat», antworte ich knapp. «Ich hatte schon länger das Gefühl, dass Rileys Verhalten möglicherweise auf Gewalt zurückzuführen ist.» Jetzt tut es mir leid, dass ich meinen Schwager verdächtigt habe. Nie habe ich daran gedacht, dass es eine weitere Generation zurückreichen könnte.

Die Tür neben uns öffnet sich und Leyla kommt zu uns. «Riley ist auf dem Sofa eingeschlafen.» Sofort erkennt sie in ihren Gesichtsausdrücken, dass ich es meiner Schwester und ihrem Mann verraten habe. «Es tut mir leid», entschuldigt sie sich. «Ich wollte ihr helfen, konnte mich aber nicht bewegen und...» Mitten im Satz stoppt sie und starrt gedankenverloren auf den Boden.

Sofort schreitet Shanon zu Leyla und nimmt ihre Hände. «Danke, dass du Shane davon erzählt hast. Danke, dass du es nicht für dich behalten hast. Damit hast du uns sehr geholfen.» Sie schenkt ihr ein Lächeln und umarmt das Mädchen, für das die letzte Nacht ebenso schwer war wie für meine Nichte.

Als sie wieder von ihr ablässt, mache ich ebenfalls einen Schritt in Leylas Richtung. Sanft streiche ich mit der Hand über ihre Wange und sehe ihr dabei direkt ins Gesicht.

«Hat er dich auch angefasst?» In meiner Stimme schwingt unterdrückte Wut mit.

Kurz reißt sie erschrocken die Augen auf und ringt sich dann ein gequältes Lächeln ab.

«Nein. Er hat mir nichts getan.» Sie atmet einmal tief durch. «Ich habe seine Schritte gehört und mich schlafend gestellt. Das hat er wohl geglaubt.»

Erleichtert atme ich auf und ziehe Leyla an mich. «Da bin ich froh», flüstere ich in ihr Ohr. «Ich war so ein Dummkopf. Ich dachte, wenn ich dich hierherbringe, wärst du in Sicherheit. Ich dachte, hier käme nichts und niemand an dich heran, der dir schaden könnte.»

«Er hat mir nichts getan, Shane», wiederholt sie und versucht, sich aus meiner Umarmung zu winden, doch ich lasse nicht los.

Auch wenn Daves Vater sie nicht körperlich verletzt hat, wird die Erinnerung an die letzte Nacht ewig in ihrem Gedächtnis bleiben. Leyla hat schon genug mit ihrem eigenen Schicksal zu kämpfen, doch vergangene Nacht hat es ihr noch schwerer gemacht.

Plötzlich klingelt mein Handy und während ich aufs Display sehe, wird mir klar, dass ich etwas vergessen habe. Wieder eingesteckt, löse ich mich von Leyla.

«Kann ich euch kurz alleine lassen?» Schnell wende ich den Blick ab, damit niemand in meinem Gesicht die Wahrheit erkennt. «Ich muss da noch eine Sache erledigen. Und danach kümmern wir uns um deinen Vater.»

Dave stimmt mir zu und ich sehe an seinen stark aufeinandergepressten Lippen und der tiefen Falte auf seiner Stirn, dass er innerlich vor Wut kocht. Was auch immer er gerade fühlt, müssen sehr dunkle Gedanken sein.

«Ich bin bald zurück.» Zum Abschied gebe ich Leyla einen sanften Kuss auf ihre geschwollene Wange. Sie hält sich die Hand darauf, erwidert ihn jedoch mit einem Lächeln.

—

Beim Treffpunkt angekommen sehe ich Mike, der bereits, mit zwei ‹Coffee-to-go› in der Hand auf mich wartet. Er ist Anwalt und hat mich damals bei Gericht vertreten. Mike und ich haben uns auf Anhieb verstanden und stehen seitdem in Kontakt.

Zu dieser Zeit wurde ich in Chicago eingesetzt. Die Stadt ist toll und wunderschön. Trotzdem bin ich froh, dort keine Einsätze mehr zu haben. Dieser einen Frau will ich nie wieder begegnen.

Als ich auf ihn zugehe, fällt mir ein, dass ich über diese Sache auch mit Leyla sprechen muss. Ich kann dieses Geheimnis nicht ewig vor ihr verbergen. Erst einmal, möchte ich jedoch herausfinden, wer mich an Violet verraten hat.

«Shane. Schön, dass es dir gut geht», begrüßt mich Mike und drückt mir einen Kaffeebecher in die Hand, während wir die Straße entlang spazieren.

«Danke. Freut mich auch, dich wiederzusehen. Du strahlst ja richtig.» Ich muss lächeln, weil seine positive Ausstrahlung ansteckend ist.

«Ja, das liegt daran, dass es im Job gerade so gut läuft. Vor allem, seit ich mit meiner Frau aus Chicago hierher gezogen bin und in L.A. arbeite.»

«Ach ja, dazu nochmal meinen Glückwunsch.» Ich proste ihm mit dem Kaffee zu.

«Danke.» Seine Miene wird finster. «Trotzdem kann ich es nicht ab, dass dieser Idiot den Fall weitergegeben hat.»

«Du weißt, wer es war?» Ich kann meine Neugierde kaum im Zaum halten.

«Ja. Kannst du dich noch an meinen Partner erinnern, mit dem ich vor zwei Jahren zusammengearbeitet habe?» Ich nicke. «Der Kerl war mir immer unsympathisch ... Wie dem auch sei. Er kennt Violet, deshalb hat er ihr geholfen.»

«Was? Aber er ist in Chicago und sie ist hier in Los Angeles. Wie konnten sich die zwei begegnen?»

«Wie gut kennst du Violet?»

«Nicht gut genug, offenbar. Ich weiß, dass sie Lehrerin ist und, dass sie Leyla beim Yoga kennengelernt hat.»

Ich erzähle ihm, dass Violet die Informationen an Matt weitergegeben hat, woraufhin mich der Manager meines ehemaligen Schützlings gefeuert hat.

«Verstehe. Das ist nicht gut. Diese Akten sollten geheimbleiben, immerhin war es nicht deine Schuld.» Mike überlegt kurz und erläutert dann weiter. «Nun zu Violet. Sie stammt ursprünglich aus Chicago und hat dort auch studiert. Allerdings hat sie sich in einen ihrer Studienkollegen verliebt und ist ihm nach L.A. gefolgt. Keine Ahnung, ob die beiden jetzt ein Paar sind oder nicht. Mein Anwaltskollege von damals war oder ist Violets bester Freund. Er wollte schon immer was von ihr und erfüllt ihr deshalb jeden Wunsch, auch heute noch. Tja, und ich schätze mal, dass Violet ihn beauftragte zu recherchieren. Dass sie damit genau den Typen erwischt, der dich vor Gericht vertreten hat, Shane, war purer Zufall. Die Welt ist eben klein.»

«Wow.» Das muss ich erst einmal verdauen. «Wie bist du an all die Infos gekommen?»

«Ich bin eben gut, in dem was ich tue», gibt Mike selbstbewusst von sich.

«Und wie verhindern wir, dass sich diese Sache weiter ausbreitet? Ich meine, ich will nicht, dass ich keine Aufträge mehr bekomme, weil die falschen Leute davon erfahren.»

«Nein, das wäre schlecht. Du bist schon gekündigt worden, also sollte die Sache mit Leyla erledigt sein. Oder?»

«So einfach ist das nicht.» Mike kann ich nichts vormachen. Konnte ich damals schon nicht. Er versteht seinen Beruf, genauso wie ich meinen. Beide haben wir gelernt, in den Gesichtern der Menschen zu lesen und die Körpersprache richtig zu deuten.

«Du hast noch mit ihr zu tun. Auf eine andere Art und Weise. Nicht wahr?»

Durchschaut. «Es gibt da ein paar Dinge, die ich noch klären muss, bevor ich mich von ihr fernhalten kann.»

«Shane, das ist gefährlich. Wenn du gefeuert wurdest und ihr hinterherjagst...»

«Ich jage ihr nicht hinterher», falle ich ihm ins Wort. «Es ist kompliziert.»

«Ja, allerdings und es wird noch schlimmer, wenn du nicht Abstand von ihr hältst.»

«Das kann ich nicht, noch nicht. Sie ist in Gefahr. Mike. Das glaube ich zumindest. Nicht nur sie, auch Riley.»

«Warte. Was? Jetzt verstehe ich gar nichts mehr. Was hat deine Nichte mit diesem Model zu tun?»

Ich setze mich auf eine Bank, bei der wir mittlerweile angekommen sind, und stütze meine Ellbogen auf meine Knie, um meine Gedanken neu zu ordnen. Einmal tief durchatmen.

«Direkt haben die zwei nichts miteinander zu tun. Mit Sicherheit kann ich sagen Mike, dass Leyla Opfer von häuslicher Gewalt ist. Und meine Nichte...» Wieder fällt es mir schwer, die Worte auszusprechen.

«Missbrauch.»

Langsam nimmt mein Freund neben mir Platz. Bestimmt macht er sich schon Gedanken darüber, was man dagegen tun kann.

«Es tut mir leid. Sowas ist echt das Letzte. Das muss hart sein, für beide.» Nun sieht er mich direkt an. «Gibt es Beweise?», lautet seine erste Frage.

Nach reiflicher Überlegung fällt mir das Laken wieder ein. «Er war so dumm, das benutzte Bettlaken im Wäschekorb liegen zu lassen.»

«Er? Reden wir von Riley? Also ihr...»

«Großvater», unterbreche ich ihn, bevor er den Falschen beschuldigt. «Leyla hat letzte Nacht bei meiner Schwester auf dem Sofa geschlafen und alles mitangehört. Sie war so geschockt, dass sie sich nicht bewegen oder irgendwie um Hilfe rufen konnte. Nicht mal mit dem Handy.»

«Das heißt, wir haben eine Zeugin», denkt mein Anwalt laut. Was er nicht ausspricht, ist die Frage: Warum hat Leyla bei meiner Schwester übernachtet? Vermutlich hat mein Hinweis bezüglich häuslicher Gewalt gereicht. Und dafür bin ich ihm dankbar.

«Nein, Mike. Ich will damit nicht vor Gericht gehen. Nicht, wenn wir es so lösen können.» Ich will meiner Schwester und ihrer Familie nicht dasselbe zumuten, wie ich es damals erlebt habe. Ganz gleich, wer der Schuldige ist, man wird von allen Seiten angestarrt und die Presse bekommt es immer irgendwie mit. Vor allem will ich es nicht, da ich Angst habe, dass man es mit mir in Verbindung bringt. Zudem wäre Rileys Zukunft auch dahin.

«Wenn der Großvater der Kleinen zugibt, dass er es getan hat, kann man dies schnell regeln. Aber seien wir mal ehrlich, Mistkerle wie er bestreiten diese Taten immer. Daher ist der

Gang zur Polizei der bessere und sichere Weg. Ich könnte einen Beschluss gegen ihn anfordern und ihn zu einem DNA-Test zwingen. Dann könnten wir die Spuren, die man mit Sicherheit noch bei Riley nachweisen kann, darauf testen. Dafür müssen wir jedoch sofort handeln, Shane.»

Die Sonne steht hoch am Himmel und es ist ziemlich heiß. Als ich zu den Palmen aufsehe, muss ich an Leyla denken. Wenn Daves Vater abstreitet, dass er es getan hat, was er vermutlich tun wird, gibt es ein Gerichtsverfahren. Auch wenn meine Schwester und mein Schwager Daves Vater nicht mehr fragen werden, ob er auf Riley aufpasst, geschweige denn, ihn auch nur in ihre Nähe lassen werden, ist es trotzdem gefährlich für sie. Man weiß nie, wie weit die Leute gehen. Er könnte ihr irgendwo auflauern. Er könnte anderen Mädchen auflauern. Das alles kann ich nicht vorhersehen, geschweige denn abwenden.

Dennoch ist es für Leyla ebenso gefährlich, wenn sie vor Gericht als Zeugin erscheinen muss. Nicht, weil sie Model und Schauspielerin ist und vermutlich jeder in dem Raum sie kennen wird, sondern eher dahingehend, dass jeder ihre Blessuren sehen wird. Wenn sie selbst nicht an die Öffentlichkeit gehen will und kaum jemandem bisher erzählt hat, dass sie Opfer häuslicher Gewalt geworden ist, kann sie nicht vor einem Gericht aussagen, dass sie deswegen bei meiner Schwester auf der Couch geschlafen hat.

Und wie würde ihr Stiefvater darauf reagieren? Sie ist immer noch von ihm abhängig. So viel Geld hat sie noch nicht zusammen, dass sie sich ein eigenes Leben aufbauen kann. Eine Wohnung, Einrichtung, Geld für den alltäglichen Gebrauch. Selbst wenn, ihre Finanzen verwaltet ihr Stiefvater. Er müsste diese für sie freigeben und das wird er ohne Gerichtsbeschluss niemals tun.

Verbissen kaue ich auf meiner Unterlippe, weil mir einfach keine Lösung einfällt. Dabei muss ich die bisher schwerste Entscheidung meines Lebens treffen. Erneut stelle ich mir die Frage: Wie kann ich die schützen, die ich liebe, ohne sie noch mehr in Gefahr zu bringen?

KAPITEL 13:
WER BIST DU WIRKLICH?

Leyla

Während ich meine Mails durchsehe, merke ich, dass sie mir bereits die Unterlagen für den bevorstehenden Film zugesandt haben. Matt hat sie auch bekommen, deswegen will er sich treffen, um alle Details zu klären.

Auch in der Schule muss ich noch Bescheid geben, dass ich zu diesem Filmdreh reise. Da wir schon Ende Juli haben und dieser bis einen Monat nach Schulbeginn dauern wird. Hin und wieder fallen ein wichtiges Shooting oder kleinere Filmrollen auf Schultage. Die Lehrer haben mir daraufhin die Unterlagen per Mail zugesandt. Solange ich meine Arbeiten und Hausaufgaben pünktlich abgebe, sind sie mit dieser Regelung einverstanden, da fast alle Schüler an der *Hollywood High School* so arbeiten. Zudem hat meine Mutter immer eine Bestätigung der Film- oder Fotoagentur geschickt, wo ich zu diesem Zeitpunkt unter Vertrag war.

Sofort möchte ich jemandem von meiner bevorstehenden Hauptrolle erzählen, weil ich mich immer noch so sehr über diese Möglichkeit freue, bis mir klar wird, dass alle Anwesenden gerade andere Sorgen haben. Einerseits kann ich nicht abschätzen, ob es im Moment eine gute Idee ist, diese Filmrolle zu übernehmen. Nach allem, was mit meinem Stiefvater los war und da ich momentan quasi vor ihm auf der Flucht bin. Andererseits ist dieser Job vielleicht genau das, was ich gerade brauche. Eine Auszeit von all dem hier und eine Auszeit von

Hollywood. Schließlich wird der Film in Las Vegas gedreht. Vermutlich werde ich dort mehrere Wochen gebraucht.

Im Moment kann ich mich zu keiner Entscheidung durchringen und stecke vorerst das Handy wieder ein.

Shanes Schwester sieht aus, als wäre ihre Welt zusammengebrochen. Sie sitzt am Esstisch und stützt mit der Hand ihren Kopf. Ihr Blick ist leer. Dave spricht mit ihr und die beiden versuchen wohl, eine Lösung für Riley zu finden. Das Mädchen liegt derweil neben mir auf dem Sofa und schläft. Sie erholt sich wohl von letzter Nacht.

Niemals hätte ich gedacht, dass dieser Ort ein noch dunkleres und gefährlicheres Loch ist, in das man zu fallen droht, als mein Zuhause.

Allerdings mache ich Shane dafür keine Vorwürfe. Er hatte nur mein Bestes im Sinn.

Doch ich verstehe nicht, wie man als Großvater so etwas Abscheuliches tun kann. Wenn ich an meinen eigenen Stiefvater denke, begreife ich, dass in manchen Menschen etwas Dunkles verborgen ist, das sich irgendwie den Weg an die Oberfläche bahnt. Und irgendwann, sei es durch ein schlimmes Ereignis oder dergleichen, bricht es aus und lässt dich vergessen, wer du bist.

Keinesfalls will ich damit die Verbrechen von Daves Vater oder meines Stiefvaters rechtfertigen. Aber solange mein Vormund die Kosten bezahlt, damit sie meine Mutter im Krankenhaus weiterhin gut versorgen, kann ich nichts dagegen tun. Ich halte diese Schmerzen aus, solange meine Mutter dadurch weiterleben kann.

Riley hingegen hat eine Chance auf Erlösung. Dafür habe ich gesorgt.

Die Türklingel reißt mich aus meinen Gedanken. Dave öffnet sie und mein Bodyguard betritt den Raum. Er sieht genauso mitgenommen aus wie seine Schwester. Lediglich Dave kann seinen Schmerz am besten verbergen.

Shane schenkt mir kurz ein süßes Lächeln, sodass mein Herz einen Satz macht. Ich weiß, dass er mein Bodyguard ist, dass es sein Job ist, auf mich aufzupassen und so fürsorglich zu sein. Und doch lässt mich seine Art nicht kalt. Wenn er bei mir ist und mich mit diesem bestimmten Blick ansieht, löst das eine unglaubliche Wärme in meinem Inneren aus.

«Wir müssen Riley einem DNA-Test unterziehen», sagt Shane und seine Schwester starrt ihn an, als hätte sie einen Geist gesehen.

«Ich halte das für keine besonders gute Idee. Das wird sie nicht verkraften. Und die Leute im Krankenhaus werden Fragen stellen», versucht sie zu argumentieren.

«Ich denke, es ist genau das Richtige», äußert sich Dave. «Vielleicht ist es im Moment unangenehm für Riley, trotzdem bin ich der Meinung, dass es wichtig ist und wir handeln sollten.» Daves Miene verfinstert sich so sehr, dass ich Angst bekomme und darüber spekuliere, ob er gleich etwas kaputt schlagen wird. Er ist wütend, er ist enttäuscht, auch er weiß unter der Oberfläche nicht wohin mit seinen Gefühlen. «Außerdem will ich ihn hinter Gitter sehen, wo er niemandem mehr schaden kann.» Dave atmet einmal tief durch. «Ich kann immer noch nicht glauben, was er getan hat, aber jetzt ergibt alles einen Sinn. Warum Riley immer eigenartig still wurde, sobald er den Raum betrat. Warum sie so eine große Abneigung gegenüber mir gezeigt hat. Immerhin sehe ich aus wie er. Ich sehe aus wie dieses Monster.»

«Du siehst nicht aus wie ein Monster», erwidert Shanon vehement. «Und du bist kein Monster.»

«Trotzdem, Shanon. Vielleicht kann ich seinetwegen meine Tochter nie wieder in den Arm nehmen.» Dave hält sich die Hand vor den Mund. Offenbar wird ihm langsam bewusst, welch gravierende Auswirkungen das Verhalten seines Vaters auf Riley hat. Dass sie lange Zeit brauchen wird, sich davon zu erholen. Vielleicht wird sie das nie.

Ich muss an unsere erste Begegnung zurückdenken und an das, was mir Violet im Café erzählt hat. Auch in der Schule war klar, dass etwas mit ihr nicht stimmte. Genau genommen ist jetzt die beste Zeit, etwas dagegen zu unternehmen. Riley hat noch etwa einen Monat Sommerferien, wie Violet und ich. Sie hat Zeit, sich davon zu erholen, bevor die Schule wieder losgeht und alle Augen auf sie gerichtet sind.

«Wir müssen auch bedenken», erläutert Shane, «dass wir nicht wissen, ob Riley das einzige Mädchen war, dass er... Dass ihm zum Opfer gefallen ist.»

«Du denkst, dass es vielleicht mehrere getroffen hat?», fragt Shanon.

«Möglich wäre es.» Dave schlägt wütend mit der Faust auf den Tisch und Riley wacht auf.

«Gut gemacht, Dave. Jetzt hast du sie aufgeweckt», schimpft Shanes Schwester.

Shane geht zu seiner Nichte und kniet sich vor der Couch hin. «Guten Morgen, kleine Schlafmütze.»

«Onkel Shane.» Sie reibt sich verschlafen die Augen.

«Wir machen jetzt einen Ausflug», mein Bodyguard sieht zu seiner Schwester, «wenn deine Mama damit einverstanden ist.»

Überrumpelt nickt Shanon leicht, doch ihre Bedenken sind verflogen.

«Keine Angst, Riley. Wir kommen auch mit», schaltet sich ihr Vater ein.

«Und du auch?», dreht sich die Kleine zu mir und grinst mich breit an.

«Nein, Leyla muss auf die Wohnung aufpassen», antwortet Shane, ehe ich etwas erwidern kann.

«Komm, Riley, gehen wir uns anziehen.» Ihre Mutter zieht sie fort und geht mit ihr in Rileys Zimmer. Auch Dave verlässt den Raum, sodass ich mit Shane alleine bin.

«Ich will nicht über dich entscheiden.» Er sieht mir tief in die Augen. «Ich denke einfach, dass es hier sicherer ist. Wenn du mit ins Krankenhaus kommst, erkennt dich vielleicht jemand und du…», Shane stoppt im Satz und streicht mir sanft über die Wange, die immer noch leicht geschwollen ist. «Das kannst du dort nicht verstecken.»

Mir wird heiß und kalt und ich habe das Gefühl, dass Shane mit seinen sanften Worten erneut mein Herz erreicht. Seine Augen blicken mir zwar immer tief in die Seele, doch sie verraten mir nicht, was in ihm vorgeht. Zudem weiß ich, dass er sein Geheimnis noch vor mir verbirgt. Darüber müssen wir wohl ein andermal sprechen. Jetzt zählt erst einmal die Sicherheit und Gesundheit von Riley.

«Schon gut. Ich bleibe hier.» Meine Antwort fällt knapp aus, denn mehr will ich ihm von mir nicht preisgeben. Da ich die nächsten Tage frei habe, hat auch Shane Freizeit und kann sich auf die Sache mit seiner Nichte konzentrieren. Wenn das geklärt ist, werde ich ihn über seine Vergangenheit ausfragen. Immerhin ist er mein Bodyguard. Ich sollte wissen, was damals passiert ist. Auch um mich zu schützen.

«Du kannst mich jederzeit anrufen, wenn was ist.» Seine Worte fordern mich beinahe heraus und doch steckt so viel Fürsorge und Liebe darin. «Ach und noch was. Tu mir den Gefallen und hau nicht wieder ab.» Diesmal sagt sein Blick: *Versuch es*

erst gar nicht. Ich werde dich finden, egal, wie lange es dauert. Und
wenn ich die ganze Welt auf den Kopf stellen muss.

Wie immer nimmt er seine Aufgabe sehr ernst. Er ist Bodyguard mit Leib und Seele.

Während ich noch meinen letzten Gedanken nachhänge, verlassen die anderen die Wohnung und ich bleibe alleine zurück. Die E-Mail, in der ich die Zusage zum bevorstehenden Film erhalten habe, geht mir nicht mehr aus dem Kopf und ich lese sie erneut, um mich auf andere Gedanken zu bringen.

Sehr geehrte Miss Thompson,

da wir für die Rolle der besten Freundin des Protagonisten noch eine Besetzung suchen, würden wir uns freuen, Sie an unserem Set zu begrüßen. Ihre Onlinevorstellung, die Sie uns geschickt haben, war genau nach unserem Geschmack und auch Ihr Profil hat uns beeindruckt. Da Sie als Model tätig sind, wissen Sie genau, wie man sich vor der Kamera in Szene setzt, was Ihnen einen klaren Vorteil verschafft.
Wir bitten Sie daher, uns so bald wie möglich eine Antwort zukommen zu lassen, ob Sie an einer Zusammenarbeit mit uns interessiert sind.

Wir freuen uns, von Ihnen zu hören.

Mit freundlichen Grüßen

Nachdem ich die Nachricht bestimmt zwanzig Mal gelesen habe, beschließe ich, Claire anzurufen.

«Hallo, Leyla. Wie geht's dir?»

«Hey, Claire. Ich bin etwas erschöpft, ansonsten passt alles.

Ich denke, ich bin auf dem Weg der Besserung.»

«Das ist gut. Da bin ich erleichtert.» Ich höre sie fröhlich lachen. «Bist du noch bei Violet?»

«Äh... ja.» Ich habe sie angelogen, aber ich kann ihr nicht sagen, dass ich bei der Schwester meines Bodyguards bin. Das würde zu viele Fragen aufwerfen und ich will nicht noch mehr Leute da mit hineinziehen. Ich sollte auch Violet Bescheid geben, dass sie im Moment mein Alibi ist. Sie wird es sicher verstehen.

«Gut, dann weiß ich, dass du in Sicherheit bist.» Meine Assistentin ist erleichtert und ich kann spüren, wie sie mir übers Telefon eine Umarmung schickt.

«Fühl dich gedrückt und wir sehen uns ja spätestens in Las Vegas. Da es dir wieder besser geht, müssen wir zumindest diesen Termin nicht absagen. Ach ja und deine Freundin Violet darf mitkommen, wenn sie will. Matt dachte, das wäre eine gute Idee. Ein kleiner Urlaub, als Dankeschön, dass sie dich unterstützt.»

«Ja, ich gebe ihr Bescheid. Zwei Wochen wird sie vielleicht mitkommen. Danach starten die Vorbereitungen für das neue Schuljahr.» Ich bin erleichtert, bald aus dieser Stadt zu verschwinden. Selbst wenn es nur zwei Monate sind. «Ich freue mich schon darauf, mit dir, Matt, Violet und Shane Las Vegas zu sehen.» Ich muss lachen, weil ich gerade einfach nur glücklich bin.

«Shane?»

«Ja, mein Bodyguard.» Klar weiß Claire, wer Shane ist, aber ich bin gerade zu Scherzen aufgelegt.

«Aber Leyla... hat Matt es dir nicht gesagt? Shane wurde gefeuert.»

«Was?» Meine gute Laune verschwindet hinter einer dunklen Wolke. «Was soll das heißen? Warum?» Erlaubt sie sich einen Scherz? Nein, sie ist nicht der Typ dafür.

«Ich schätze, Matt wollte es dir sagen, wenn es dir wieder besser geht. Aber es wundert mich, dass Shane es dir noch nicht erzählt hat. Er darf sich dir nicht mehr nähern. Das hat wohl mit einem Auftrag von vor zwei Jahren zu tun. Matt wird dir bestimmt alles erklären, wenn du wieder fit bist. Es tut mir leid, Leyla, Shane ist nicht länger dein Bodyguard.»

Mein Handy fällt zu Boden und ich lasse es liegen. «Leyla? Hallo?» Ich höre Claires Stimme aus dem Telefon kommen, doch ich kann nicht antworten. Mein Blick geht ins Leere. Bis meine Brust anfängt zu schmerzen. Diese Information breitet sich in mir aus wie ein Gewittersturm, der eine ganze Stadt verdunkelt. Gerade jetzt, wo ich ihn gerne um mich habe. Wo er mir das Gefühl gibt, nicht alleine zu sein, darf er nicht mehr bei mir sein?

Immer wieder höre ich den Satz wie ein Echo, in meinem Kopf. *Shane ist nicht länger dein Bodyguard.* Mir wird schlecht und etwas in mir zerbricht. Das Gefühl von Geborgenheit verschwindet. Ich habe es verloren und nicht nur das. Auch einen Menschen, der auf mich aufpasst und dem meine Sicherheit am Herzen liegt. Meinen Bodyguard.

—

Shane

Es kommt mir wie eine Ewigkeit vor, seitdem ich im Wartezimmer des Krankenhauses Platz genommen habe. Meine Schwester und mein Schwager sind gerade mit Riley beim Arzt. Am liebsten wäre ich auch mitgegangen.

Ich überlege, ob ich Leyla schreiben soll. Doch wissen wir noch nichts und ich will sie nicht unnötig nervös machen. Sie hat ihr eigenes Schicksal, das offenbar schwer auf ihren Schultern lastet. Für sie muss das alles ein riesiger Schock gewesen sein. Selbst wenn sie Anteilnahme gezeigt hat, habe ich erkannt, dass sie große Furcht hatte. Davor, was passieren würde, wenn Daves Vater auch zu ihr gekommen wäre. Wenn er sie nicht hätte weiter schlafen lassen.

Sofort schüttle ich meinen Kopf, um diese dunklen Gedanken zu vertreiben. Dieses Mädchen hat schon genug durchgemacht. Ich mache mir immer noch Vorwürfe ihretwegen. Hätte ich sie nicht zu meiner Schwester gebracht, wäre all dies nicht geschehen. Doch, das wäre es. Eigentlich hatten wir «Glück», dass Leyla es mitbekommen hat. Ansonsten hätte Riley noch weiter leiden müssen. Trotzdem fühle ich mich schuldig. Dadurch hat Leyla nur noch mehr Grund, alle auf Abstand zu halten und sich vor der Welt zu verschließen, der sie sich ohnehin kaum öffnet. Eines muss man ihr lassen. Sie ist nicht nur gut in ihrem Beruf als Model, sondern auch eine richtig gute Schauspielerin. Sie weiß, was die Leute hören und sehen wollen und wie sie ihr eigenes Gesicht hinter einer Maske verbirgt.

«Wir sind fertig, Shane.»

Ich sehe zu Dave auf und lese die Unruhe in seinem Gesichtsausdruck. «Ich bräuchte dich nochmal als Chauffeur.»

Wir sind mit meinem Wagen hergefahren. Ich hielt es für das Beste, weder Dave noch meine Schwester hinters Steuer zu lassen, nach allem, was sie gerade durchmachen. Sie hätten sich kaum auf den Straßenverkehr konzentrieren können. Ja, auch mir geht so einiges durch den Kopf, dennoch bin ich es durch meinen Beruf gewohnt, mit außergewöhnlichen Situationen fertig zu werden.

«Kein Problem. Was hat der Arzt gesagt? Und wo sind die Zwei?»

«Sie wollen Riley heute Nacht zur Beobachtung hier behalten. Shanon und ich dürfen auch hier schlafen, um bei ihr zu sein. Deshalb brauche ich noch ein paar Sachen von zu Hause. Die beiden bleiben hier.»

«Verstehe.» Erneut sehe ich meinem Gegenüber tief in die Augen und hoffe, dass er mir diesmal nicht ausweicht.

«Was hat der Arzt gesagt? Wessen DNA ist es?»

«Meine.»

—

Unsere Vermutungen haben sich also bewahrheitet. Daves Vater, Rileys Großvater, hat meiner Nichte das angetan.

Als mein Schwager die Wohnungstür aufschließt, bin ich so in Gedanken versunken, dass mir nicht einmal auffällt, dass es dunkel ist und nirgendwo Licht brennt. Erst als Dave mich darauf anspricht, beginne ich zu verstehen. «Shane, wo ist Leyla?» Alle Nackenhaare stellen sich auf und ich haste von Zimmer zu Zimmer. Nirgendwo ist sie zu finden. Eine dunkle Vorahnung überkommt mich.

«Schon gut, Shane. Ich kann mit unserem Wagen zum Krankenhaus zurückfahren. Du solltest dich um Leyla kümmern. Ich weiß nicht, warum sie gegangen ist, aber ich denke, sie braucht dich gerade mehr als wir. Wenn wir was Neues wissen, geben wir dir Bescheid.»

Mit einem Nicken in seine Richtung verabschiede ich mich und renne eilig zum Fahrstuhl. Ich denke nicht, dass sie nach Hause gefahren ist. Trotzdem habe ich so eine Ahnung, wo sie steckt.

—

«Ist sie hier?» Ich warte nicht, bis mein Gegenüber die Wohnungstüre öffnet, und in meinem Gesicht sollte sie lesen können, dass ich nicht in der Stimmung für Spielchen bin.

«Ja.» Violet hat die Botschaft wohl verstanden, denn sie lässt mich rein. «Allerdings bin ich mir nicht sicher, ob sie dich sehen will.»

Gekonnt ignoriere ich den Hinweis und schreite zu Leyla, die auf Violets Sofa sitzt. Zuerst wirkt sie irritiert. Schneller, als mir lieb ist, schlägt ihre Miene in Zorn um.

Vorsichtig mache ich noch einen Schritt auf sie zu, da ich nicht begreife, warum sie sauer auf mich ist. Schließlich hat sie von Violet bestimmt die Wahrheit über meinen Auftrag erfahren.

«Was willst *du* hier?» Oh ja, sie ist definitiv sauer.

«Ich habe mir Sorgen gemacht. Wieso bist du nicht in der Wohnung meiner Schwester geblieben?»

«Weil ich Abstand von dir brauche.» Verwirrt starre ich sie an und hoffe, dass sie mir die Hundertachtziggradwende ihres Verhaltens erklärt.

«Oder besser gesagt: Du musst dich von mir fernhalten. Ist es nicht so, Shane? Immerhin wurde der Vertrag aufgelöst und du bist nicht länger mein Bodyguard.»

Deshalb ist sie also wütend auf mich. Ich hatte gehofft, dass Matt sich mit der Mitteilung Zeit lässt, bis sie wieder fit ist und an ihrem Arbeitsplatz erscheint. Offenbar konnte er nicht warten.

Trotzdem will ich ihr die Sache erklären. «Können wir kurz unter vier Augen reden?» Ich kann es nicht ändern, aber es stört mich enorm, wenn Leyla eine falsche Meinung von mir hat, dass sie überhaupt schlecht über mich denkt, oder mich nicht in ihrer Nähe haben will.

Sie sieht zu ihrer Freundin und dann wieder zu mir. «Nein. Alles, was du mir zu sagen hast, kannst du auch vor Violet sagen.»

Damit macht sie es mir nicht gerade leichter. «Was damals passiert ist, war nicht meine Schuld.»

«Beantworte mir nur eine Frage, Shane», fällt sie mir ins Wort. «Warum hast du mir nicht gesagt, dass du nicht mehr mein Bodyguard bist?»

Ich atme einmal tief durch, bevor meine Antwort folgt. «Weil ich dich dann nicht mehr beschützen kann. Wenn du es gewusst hättest, wärst du die Nacht nicht bei meiner Schwester geblieben.»

Daran, dass sie den Blick abwendet, erkenne ich, dass ich ins Schwarze getroffen habe. «Weißt du Leyla, du bist mir zu wichtig geworden, als dass ich dich einfach im Stich lassen konnte.»

«Aber es ist zu gefährlich für dich, Shane. Deine Agentur weiß, dass der Vertrag gekündigt wurde. Wenn man uns zusammen sieht, ist deine Karriere in Gefahr.» In ihrer Stimme schwingt plötzlich Mitgefühl mit. «Violet hat mir erzählt, was damals passiert ist, aber ich bin sicher, dass dies nur eine Seite der Geschichte war. Ich habe dich kennengelernt, Shane, und glaube nicht, dass du zu so etwas fähig bist. Nicht bei mir.» Sie streicht mir eine Haarsträhne aus dem Gesicht und lächelt, doch der Ausdruck in ihren Augen ist traurig. «Ich will nicht, dass du nochmal im Gefängnis landest, nur weil jemand Vermutungen anstellt. Darum bitte ich dich, jetzt zu gehen, Shane.»

Ich spüre, wie ihre Hand zittert, die sanft über meine Wange streicht und die sie schließlich zurückzieht, sehe eine Träne über ihr Gesicht rinnen. Leyla hat Angst. Sie will nicht, dass ich gehe, und doch hat sie diese Worte ausgesprochen.

«Leyla, ich...»

«Das reicht Shane.» Violet stellt sich zwischen uns. «Geh jetzt, bitte. Sonst muss ich die Polizei rufen.»

«Aber...» Es ist gleich, was ich versuche. Sie hat ihre Entscheidung getroffen.

Violet deutet mit dem Finger auf die Tür. Ein letztes Mal schaue ich zu Leyla, doch sie wendet sich ab.

Da ich es mir nicht leisten kann, erneut eine einstweilige Verfügung zu erhalten, oder gar als Gewalttäter gegenüber Frauen dargestellt zu werden, verlasse ich rasch die Wohnung.

Vorerst räume ich das Feld. Mich stört es, dass Leyla es einfach akzeptiert, dass ich nicht länger ihr Bodyguard bin. Innerlich zerreißt es mir das Herz, dass sie meine Hilfe ablehnt und ich nicht länger bei ihr sein darf. Auch wenn ich mir sicher bin, dass sie mir damit nur helfen will. Dennoch muss ich lernen, damit fertig zu werden. Obwohl ich das Gefühl habe, sie für immer verloren zu haben.

KAPITEL 14:
EIN NEUER JOB

Leyla

Zwei Tage sind vergangen, seit Shane bei Violet und mir aufgetaucht ist. Seitdem hat er sich nicht mehr gemeldet. Hat er meine Entscheidung akzeptiert?

Zum einen bin ich froh, von seinen Adleraugen und den musternden Blicken eine Pause zu haben. Ständig hatte ich das Gefühl, überwacht zu werden. Nun ja, genau genommen, war es auch so. Zum anderen muss ich mir eingestehen, dass er mir fehlt. In seiner Nähe habe ich mich zwar beobachtet gefühlt, trotz alledem war da auch diese stete Sicherheit.

Die Gelegenheit, handgreiflich zu werden, hatte er bei mir öfter als einmal. Zudem wäre es bei meinen bestehenden Malen nicht weiter aufgefallen. Ich hätte sie, wie die von meinem Stiefvater, überschminkt und weiter gemacht. Doch Shane hat niemals Anzeichen von Gewalt gezeigt, nicht diese, die ich von zuhause kenne. Wenn er mich am Arm gepackt und streng angesehen hat, war das meist nur, weil ich ihn herausgefordert oder geärgert habe. In meinen Augen war das keine Härte, sondern eine kurze Erinnerung an die Regeln. Obwohl mich diese Begebenheiten oft erschreckt haben.

Ich will es nicht glauben, dass Shane das damals getan haben soll. Ich will nicht, dass er der Böse ist. Ich mag seine selbstbewusste Ausstrahlung, seine langen, dunkelblonden Haare, die er meist zu einem Dutt gebunden hat. Ebenso seine coole Sonnenbrille und sein Lächeln, mit dem er mir ein so warmes Gefühl in meinem Inneren beschert, dass ich ihn jedes Mal küssen könnte. Wenn ich so darüber nachdenke, weiß ich, warum er mir so wichtig ist. Ich habe mich in ihn verliebt. Ja, ich liebe Shane.

Gerade deswegen ist es besser, wenn er nicht in meiner Nähe ist. Ich will nicht, dass er Schwierigkeiten bekommt. Egal, welche Vergangenheit er hat, die meisten verstehen es nicht, dass es bei der Liebe keine Grenzen gibt. Dass einem oft diejenigen am nächsten sind und einen am besten verstehen, von denen man es am wenigsten erwartet.

Er hat sofort gehandelt, als mich mein Vater damals angreifen wollte und mich mit zu sich nach Hause genommen, auch im Park war er für mich da. Hat mich sogleich in Sicherheit gebracht, aber nie verraten, an niemanden.

Mit Claire und Matt habe ich schon alles abgesprochen, was es für den Filmdreh in Las Vegas noch zu regeln galt. Sie werden mich dorthin begleiten. Auch Violet wird an meiner Seite sein, die mir gerade hilft, meine Sachen zu packen. Mein Stiefvater sieht schweigend dabei zu. Wenn sie dabei ist, verhält er sich offenbar ruhig. Schließlich will er nicht unter Verdacht geraten.

Auch wenn meine Freundin längst weiß, was für ein Scheusal er ist, habe ich sie gebeten, es für sich zu behalten. Ich habe ihr erzählt, dass er mich mit den Kosten für den Krankenhausaufenthalt meiner Mutter erpresst. Da diese im Koma liegt und künstlich beatmet werden muss. Ich kann und will das Leben meiner Mutter nicht aufs Spiel setzen. Die Ärzte meinten zwar, dass es unwahrscheinlich ist, dass sie wieder zu sich kommen wird, aber ich bin noch nicht bereit, sie aufzugeben.

Fertig gepackt spüre ich den herausfordernden Blick meines Stiefvaters im Nacken. Langsam schließe ich den Koffer und erhebe mich vom Boden. Vorsichtig drehe ich mich um. Mit einem fiesen Grinsen beäugt er meinen Körper von oben nach unten und leckt sich genüsslich über die Lippen.

«Zwei Monate sind eine lange Zeit, Leyla. Willst du nicht doch eine letzte Umarmung?», fragt er. Das ist wohl ein schlechter Scherz? Ich schlucke laut und versuche, so selbstbewusst wie möglich zu klingen.

«Danke, aber nein. Gewöhn dich besser an den Entzug von mir. Denn wie du sagtest: Zwei Monate sind eine lange Zeit.»

Damit habe ich ihm quasi einen Tritt zwischen seine Beine verpasst. Ich kann in seinen Augen lesen, wie seine Männlichkeit darunter leidet, und ich genieße diesen Ausdruck. Er gibt mir Macht über ihn und endlich das Gefühl von Stärke. Durch die Begegnung mit Riley und auch dadurch, dass Violet nun bei mir ist, habe ich nach allem ein bisschen Mut gefunden. Bei meiner Rückkehr wird er mich sicherlich dafür bestrafen. Doch wer kann schon sagen, wann das sein wird. Vielleicht habe ich Glück und er vergisst es. Womöglich verändern ihn die kommenden zwei Monate.

Nachdem ich meinen Koffer und meine Tasche zum Auto gebracht habe, drehe ich mich ein letztes Mal zu ihm. Sein Gesichtsausdruck sagt mir, dass er darauf wartet, dass ich noch etwas sage, doch diesen Gefallen tue ich ihm nicht.

«Bis bald, meine Hübsche», gibt er grinsend von sich, doch ich erwidere nichts. Schon viel zu oft hat er nach meiner Stimme und meinen Schreien verlangt. Das ist vorerst vorbei. Während ich aus der Tür schreite, fühle ich ein Gefühl von Freiheit, als würde ich aus einem Gefängnis entkommen.

—

Gute viereinhalb Stunden dauert die Fahrt von Los Angeles nach Las Vegas. Matt hat einen kleinen Bus gemietet, in dem gut neun Leute Platz hätten. Claire hat ihn gefragt, warum wir nicht den Flieger genommen haben, doch Matt begründete dies damit, dass ein Flug teurer wäre und das Auto ökologisch besser vertretbar sei. Vor allem könnten wir so die wunderschöne Landschaft genießen. Das heißt, wenn ich nicht einschlafe. Ich bin ziemlich müde von den letzten Tagen. So viel geistert mir im Kopf herum und ich versuche, während ich aus dem Fenster starre, den Sinn hinter alldem zu verstehen.

Meine Gedanken kreisen um Riley, die noch so klein ist und der jetzt, wo alles aufgedeckt ist, erst die schwierigste Zeit bevorsteht. Vermutlich muss sie vor Gericht aussagen. Sie wird Tests unterzogen, um die DNA ihres ... Großvaters nachweisen zu können. Ihre Mutter und ihr Vater werden ihr bestimmt einige Fragen stellen, die sie nicht beantworten will. Sie muss lernen, ihre Emotionen auszudrücken, Dinge in Worte zu fassen, die sie in ihrem Alter noch nicht hätte erleben dürfen. Ich habe großen Respekt vor diesem Mädchen. Ich weiß nicht, ob ich das psychisch ausgehalten hätte, oder daran zugrunde gegangen wäre.

Immerhin habe ich selbst die größten Probleme damit, mich mit meinem Stiefvater und unserer Situation auseinanderzusetzen. Seit Monaten halte ich mein Geheimnis vor der Welt versteckt. Eine Realität, die sich die meisten kaum vorstellen können. Vor allem in meinem Beruf rechnet niemand damit. Bis jetzt hat nicht einer hinterfragt, warum ich, hin und wieder, angeschlagen wirke. Claire hat es als Erschöpfung abgetan und nicht weiter nachgebohrt, bevor sie es vor Kurzem selbst erfahren hat. Sie meint, es müsse daran liegen, dass ich Schülerin und Model bin. Ja, die Schule hat mich schon ein bisschen eingenommen, aber nicht so sehr, wie sie denkt. Meine Noten sind immer sehr gut und Lernen fällt mir leicht. Trotzdem lasse ich die Leute in dem Glauben, denn es hilft mir, meine Fassade aufrechtzuerhalten.

Dennoch bin ich mir sicher, dass diese zu bröckeln droht. Zu viele Leute wissen Bescheid. Violet, Claire, Matt, Shanon, Dave, Riley und Shane. Bei ihm mache ich mir am meisten Sorgen. Er hat bisher noch nichts getan und doch werde ich das Gefühl nicht los, dass er irgendetwas vorhat. Aber ihn von mir zu stoßen, war die einzige Möglichkeit, ihn und auch mich selbst zu schützen.

«Wann machen wir denn mal eine Pause?», fragt Violet nach vorn zu Matt. «Ich müsste mal für kleine Mädchen.»

Meine Freundin sitzt direkt neben mir, lässt mich jedoch in meiner Welt versinken. Neben ihr sitzt Claire und geht die nächsten Termine durch. Am Steuer sitzt mein neuer Bodyguard und Matt gleich neben ihm, der die Route am Smartphone checkt. «Wir sind noch gar nicht lange unterwegs. In gut zwanzig Minuten sind wir bei einer Tankstelle. Bis dahin musst du es aushalten, Violet.»

Er hat keine Sekunde gezögert, jemand Neues einzustellen, um für meinen Schutz zu sorgen. Obwohl ich nicht gedacht hätte, dass es bei diesen Männern so viele Unterschiede gibt, wirkt dieser Bodyguard komplett anders als Shane. Er ist riesengroß und hat sehr breite Schultern, wie Shane, und wirkt wie ein Kasten. Seine Haare jedoch sind kurz geschoren, was seinen Kopf klein wirken lässt, obwohl er ein sehr breites Kinn hat. Sein Gesichtsausdruck wirkt immer sehr konzentriert und er hat bisher kaum ein Wort gesagt, außer bei der Begrüßung: «Guten Tag.» Wer sagt bitte heute noch «Guten Tag»? Das klingt alt und eigenartig. Ich meine, er ist bestimmt um die Vierzig, aber das ist noch nicht so alt. Eines steht jedenfalls fest, in ihn werde ich mich nicht verlieben. Eher bekomme ich Panik, wenn er mich zu lange anstarrt, und flüchte.

Als hätte er meine Gedanken gelesen, sieht er durch den Rückspiegel zu mir. Sofort schnappe ich nach Luft und schaue wieder aus dem Fenster. Ich habe ihn wohl unabsichtlich beobachtet. Ich weiß, dass ich mir das jetzt nicht wünschen darf, weil ich ihn selbst fortgeschickt habe, aber wäre Shane bloß an meiner Seite geblieben. Ich wünschte, er wäre mein Bodyguard.

Schon wieder gleiten meine Gedanken zu ihm. Ja, er ist für mich definitiv mehr geworden als nur mein Beschützer. Möglicherweise habe ich ihn genau deshalb abgewiesen und bin strenger, wenn es um seine Geschichte geht.

—

Shane

Noch einmal lese ich die Nachricht von Claire, die mir mitgeteilt hat, dass sie schon beim Filmdreh in Las Vegas sind. Das ist knapp eine Woche her. Ein ungutes Gefühl breitet sich in mir aus, Leyla so weit weg zu wissen. Auch wenn mir ihre Assistentin von dem neuen Bodyguard erzählt hat, bleibt das Gefühl, dass etwas nicht stimmt.

Trotzdem muss ich vorerst hierbleiben. Shanon, Dave und vor allem Riley brauchen mich mehr denn je. Die Anzeige wegen sexuellen Missbrauchs gegen Kinder wurde sofort aufgenommen und morgen steht uns der Tag bevor, an dem wir alle Rileys Peiniger vor Gericht gegenüberstehen.

«Hat sie dir schon geschrieben?», fragt Dave, der mitbekommen hat, dass ich dauernd auf mein Handy starre.

«Nein. Nur die Nachricht von Claire.»

«Die hast du gefühlt hundert Mal gelesen.»

«Ich weiß, aber das ist das Einzige, was mich im Moment mit ihr verbindet.» Gleich nachdem ich diesen Satz beendet habe, bereue ich ihn schon. Was gebe ich denn da von mir?

«Okay. Klingt für mich nach Liebeskummer.» Dave sieht mich fragend an.

«Unsinn.» Auch wenn ich abwiegele, weiß ich, dass er recht hat. Ich vermisse sie wirklich.

Plötzlich geht die Tür der Psychiaterin auf und Riley kommt mit Shanon aus dem Zimmer. Sie läuft sogleich zu mir und ich schließe sie in meine Arme. Es freut mich, dass meine Anwesenheit ihr ein Lächeln ins Gesicht zaubern kann.

«Was hat sie gesagt?», will Dave sofort wissen.

«Sie hat ihr alles erzählt.» Meiner Schwester steigen Tränen in die Augen. «Und damit meine ich wirklich alles.» Sie hält sich die Hand vor den Mund und ein Glucksen entfährt ihr.

Sofort stehe ich auf und nehme Riley an der Hand. «Hey, meine Kleine. Was hältst du von einem Kakao? Ich habe da vorne einen Automaten gesehen.» Ich grinse so breit, wie es geht, um sie abzulenken und auf andere Gedanken zu bringen.

«Au ja, Kakao.» So schnell kann ich gar nicht reagieren, da zieht sie mich mit sich. Ich hoffe, so meiner Schwester ein bisschen Zeit zu verschaffen, um sich wieder zu beruhigen und Dave alles zu erzählen.

Genüsslich trinkt meine Nichte ihren Kakao, bis sie stoppt und mich direkt ansieht. «Onkel Shane?»

«Ja?»

«Ich habe der Frau alles erzählt und sie bekam ganz große Augen. So, als hätte sie ein Gespenst gesehen.» Nachdenklich sieht sie zu Boden. «Sie meinte, dass ich keine Angst mehr haben müsse. Dass der gefährliche Mann mir nichts mehr tun kann.»

Mir fehlen die Worte. Dieses kleine Mädchen spricht schon sehr weise für ihr Alter. Mehr noch bin überrascht, wie *gut* sie darüber sprechen kann. Vielleicht erzählt sie auch nur mir so viel. Mit dem *gefährlichen Mann* meint sie wohl ihren Großvater. Natürlich, für Riley muss er wie ein Fremder wirken. Wenn jemand einem Kind so etwas antut, kann das nicht der eigene Großvater sein. Im Normalfall ist er das auch nicht.

Mit ziemlicher Sicherheit wird nicht nur Riley, sondern auch Dave nie wieder ein Wort mit ihm wechseln. Ich erinnere mich an seinen Blick, als er erfahren hat, was sein Vater getan hat. Am liebsten hätte er ihn aufgesucht und zu Tode geprügelt. Das wäre zumindest meine erste Handlung gewesen. So jemand verdient es nicht, weiter zu leben, als wenn nichts passiert wäre. Selbst im Gefängnis werden Kinderschänder von den übrigen Häftlingen wie Dreck behandelt. Ich weiß, wovon ich rede. Die Zeit, die ich dort verbracht habe, hat mich gelehrt, wie es wirklich auf der Welt zugeht und welches die schlimmsten aller Verbrechen sind. Alles, was mit Kindern zu tun hat, wird dort schlimmer als ein Mord angesehen.

«Wo ist das Model, Onkel Shane?»

Mit dieser Frage reißt mich meine Nichte aus meinen Gedanken.

«Ähm... Sie... Sie ist in Las Vegas. Sie spielt bei einem Film mit.»

«Cool!» Ich muss lächeln, weil Rileys Freude ansteckend ist. «Dann ist sie ja jetzt berühmt.» Sie grinst über beide Ohren. «Aber warte... Musst du nicht bei ihr sein und sie beschützen?»

Kurz bringt sie mich damit aus dem Konzept. Ich kann ihr unmöglich sagen, dass ich gefeuert wurde. «Sie hat dort Freunde, die auf sie aufpassen. Ich komme später nach.» Das war nicht komplett gelogen. Der Teil mit ihren Freunden stimmt.

Was den Rest angeht...

Shanon kommt um die Ecke und ist erleichtert, da Riley regelrecht unbeschwert mit mir spricht. Ich kann ihre Sorge verstehen, nach allem, was sie erlebt hat. Meine Schwester wird ebenso lange brauchen, dieses Trauma zu verarbeiten.

«Können wir los?», fragt Dave.

Ich nicke und wir machen uns auf den Weg zu unseren Autos. Wir haben noch ein letztes Treffen mit meinem Kumpel Mike, der den Fall von Riley übernommen hat. Ich bin einfach nur froh, wenn das alles vorbei ist und dieser Mistkerl hinter Gitter sitzt. Beweise haben wir genug. Der Richter muss im Grunde nur das Urteil sprechen und den Gerichtsbeschluss bekanntgeben.

—

Auf dem Weg zum Gericht beobachte ich in Shanon, Riley und Dave im Rückspiegel und erkenne anhand ihrer müden Augen, die immer wieder zufallen, dass keiner der drei viel geschlafen hat. Was wohl auch der Grund dafür ist, dass meine Nichte die ganze Fahrt lang schläft.

Auch ich habe nicht viel geschlafen. Wobei mich nicht nur die unangenehme Situation, die bevorsteht, wach gehalten hat, sondern auch der Gedanke an Leyla. Ich mag es immer noch nicht, sie nicht in meiner Nähe zu haben und eingreifen zu können, wenn etwas passieren sollte. Obwohl erst zwei Wochen vergangen sind, seit ich Leyla zuletzt gesehen habe, fehlt sie mir bereits. Nicht, weil ich meiner Arbeit als Bodyguard nicht nachgehen kann, sondern vielmehr vermisse ich sie selbst. Ihre Art, ihr süßes Lächeln, ihre zärtlichen Berührungen und auch ihre zerbrechliche Seite, die kaum jemand so gut kennt wie ich. Zudem habe ich immer noch ein eigenartiges Gefühl, das mich an ihrer Sicherheit zweifeln lässt.

Beim Gericht angekommen steigen wir alle aus dem Wagen. Mike wartet schon vor dem Eingang auf uns.

«Seid ihr bereit?»

Die Frage dient eher der Höflichkeit, denn er kennt die Antwort bereits. Für so etwas ist man nie bereit. Trotzdem folgen wir ihm in den Gerichtshof und bis vor den Saal, in dem die Verhandlung stattfinden wird.

Rick, Daves Vater, haben sie bereits festgenommen. Er wird erst zu Beginn hineingebracht. Ich merke, wie Dave nervös auf- und abläuft, und stelle mich ihm in den Weg. «So machst du es für Riley nur schlimmer.»

Erschrocken starrt er mich mit offenem Mund an. Ein paar Sekunden später setzt er sich still neben seine Frau und seine Tochter. Nicht für lange, denn wir werden in den Saal gelassen.

Als wir alle Platz genommen haben, wird auch Rick, in Handschellen und orangefarbenen Sträflingsanzug, hineingeführt. Zum Glück sitzt er weit genug weg. Während er sich niederlässt, grinst er frech in unsere Richtung. Wie kann er in dieser Situation noch so dämlich lächeln?

In Daves finsterem Ausdruck sehe ich, dass er ihm am liebsten an die Gurgel gehen würde. Seinem eigenen Vater. Doch er darf nicht. Vor allem nicht hier.

Dann sieht der Mistkerl zu Riley und sie vergräbt ihr Gesicht in Shanons Weste. Meine Schwester wirft ihm den gefährlichsten Blick zu, den ich bei ihr je gesehen habe. Ich kann ihre Gefühle nur erahnen.

Zuletzt sieht der Mistkerl zu mir, dreht sein Gesicht jedoch sogleich weg. Hat er Angst? Oder versucht er, etwas zu verbergen, was ich aus ihm lesen könnte? Meine Fähigkeiten sind ihm durchaus bekannt.

«Erheben Sie sich», ertönt eine Stimme im Saal und der Richter betritt den Raum. Nachdem er Platz genommen hat, erklingt die Stimme erneut. «Setzen Sie sich.»

Der Richter sieht kurz in die Runde und liest dann etwas vor: «Das Gericht hat sich zusammengefunden, um den Angeklagten Rick Crown in der Sache *sexueller Missbrauch einer Minderjährigen* zu verantworten und zur Rechenschaft zu ziehen...»

Ich kann mich kaum auf die Worte des Richters konzentrieren. Riley zittert und will sich immer noch in Shanons Veste vergraben. Sie sollte das alles nicht hören. Ich weiß, dass sie als Zeugin aufgerufen wird, aber sie sollte nicht hier sein.

Meine Schwester ist kreidebleich und schwitzt leicht. Ihre Nervosität macht auch mir zu schaffen.

Dave hingegen ist verdächtig ruhig. Obwohl er vorhin am Gang aufgeregt umhergegangen ist, strahlt er jetzt Selbstsicherheit aus. Doch seine Hände hat er so stark zur Faust geballt, dass die Knöchel weiß hervortreten. Das wird wohl für alle eine lange Verhandlung.

Später wird Rick in den Zeugenstand gerufen und muss sich ein paar Fragen stellen, die er lässig beantwortet. Ich kann nicht sagen, ob er verrückt ist, oder es ihm Spaß macht, diese Dinge zuzugeben.

«Gab es andere Vorfälle von Gewaltdelikten in ihrer Familie oder der ihrer Schwiegertochter?»

Als der Verteidiger diese Frage stellt, schnürt es mir die Kehle zu. Mein Mund wirkt auf einmal so trocken, dass ich das Gefühl habe zu verdursten. Ich muss laut schlucken und meine Hände werden schwitzig. Und dann passiert etwas, mit dem ich nicht gerechnet habe. Rick sieht zu mir und grinst gehässig, bevor er antwortet.

KAPITEL 15:
FILMPARTNER

Leyla

Eine Woche ist es her, seit ich hier angekommen bin. Wir sitzen gerade beim Frühstückstisch und genießen die Aussicht auf den Pool. Violet hat gleich ihre Badeklamotten anbehalten und Claire konnte sich, seit wir hier sind, noch nicht von ihrem Terminkalender und diesen Cocktails trennen. «Die Drinks sind einfach der Wahnsinn», wirft sie ein, während sie genüsslich die Flüssigkeit durch den Strohhalm saugt. Vielleicht sollte ich ihr das Ding mal wegnehmen.

Matt betreibt derweil so viel Sightseeing wie möglich. Las Vegas ist eine wundervolle Stadt, an jeder Ecke gibt es etwas zu sehen. Vor allem bei Nacht erwacht hier alles zum Leben. «Ich will mir unbedingt ein paar der tollen Hotels ansehen», sagte er. «Das *Venetian Resort Hotel* ist dem tatsächlichen Venedig nachempfunden. Selbst die berühmten venezianischen Gondeln gibt es dort. Dann ist da noch das *Luxor*, das die Form einer Pyramide hat und das *Excalibur*, das einen ins Mittelalter versetzen soll. Das will ich auf keinen Fall verpassen. Also dann, wir sehen uns später beim Filmdreh.» Und damit verschwand er. Alle scheinen diesen Aufenthalt wirklich zu genießen.

Auch ich fühle mich hier wohl. Meine neuen Arbeitskollegen sind nett und lustig und es macht wirklich Spaß, diesen Film zu drehen. Es ist anders, als beim Modeln. Die Sets ändern sich ständig und man steht nicht so lange auf dem gleichen Fleck. Es sei denn, man verpatzt eine Szene und muss sie gefühlte hundert Mal drehen.

Trotzdem kreisen meine Gedanken seit Tagen nur um Shane. Ich vermisse ihn. Auch wenn ich mich immer beobachtet gefühlt habe, jetzt fehlt mir seine Anwesenheit. Die Scherze, wenn wir uns gegenseitig aufgezogen haben. Unser gemeinsamer Tag, wo wir die Aussicht beim Hollywood-Schriftzug genossen und die Nacht, in der wir uns geliebt haben. Selbst die Momente, in denen er mich am Arm gepackt und streng angesehen hat, weil ich mich geweigert habe, mit ihm mitzufahren. Am allermeisten jedoch sehne ich mich nach der Wärme, die er in mir auslöst. Nach seinen sanften Berührungen, die mir zeigen, dass er genau weiß, was in mir vorgeht, Oh, und sein süßes Lächeln. Ja, ich vermisse Shane wirklich.

«An wen denkst du denn?», fragt Claire und kichert dabei belustigt. Keine Ahnung, ob es an den Cocktails liegt. Ich darf sie noch nicht probieren, also kann ich auch nicht abschätzen, wie stark der Alkohol darin ist.

«Oh nein. Sag bloß nicht, schon wieder an Shane.» Violet rollt mit den Augen. «Wieso hast du ihn fortgeschickt, wenn er dir so viel bedeutet?»

«Er ist nicht mehr mein Bodyguard», antworte ich knapp.

«Das ist doch egal», erläutert meine Assistentin. «Umso besser. Dann kannst du normal mit ihm zusammen sein.»

«Nein», widerspricht Violet. «Wenn er wirklich eine Beziehung mit ihr anfängt, wäre das gefährlich für ihre Karriere. Das ist ein gefundenes Fressen für die Presse. *Minderjähriges Model fängt Liebesaffäre mit Ex-Bodyguard an.*» Dabei macht sie eine langgezogene Bewegung mit der Hand. «Vor allem aber wäre es ein Problem, wenn Shanes Geschichte rauskommt.»

«Was? Wieso? Welche Geschichte?», will Claire wissen.

Ich sehe, wie sich Violet auf die Lippe beißt, weil sie zu viel verraten hat. «Ach nichts. Ich meine nur, er wirkt nicht wie die

Unschuld vom Lande.»

«Du denkst, nur weil er vor ihr schon Beziehungen hatte? Das ist nichts Außergewöhnliches.»

Glück gehabt. Claire hat es ihr abgekauft. Je länger ich den beiden zuhöre, wird mir jedoch bewusst, dass sie mit ihren Aussagen recht haben. Wenn Shane und ich ein Paar wären, würde garantiert geredet werden. Dazu ist er auch um einiges älter als ich und wäre für mich der erste Partner. Alle Welt würde wissen wollen, was für einen Freund ich jetzt habe. Immerhin wird meine aktuelle Filmrolle meine Bekanntheit nicht schmälern. Eher das Gegenteil wird passieren.

Ganz gleich wie man es dreht und wendet. Shane und ich wären ein gefundenes Fressen für die Presse und wenn sie anfangen, in seiner Vergangenheit zu schnüffeln... Nein. Dieses Risiko darf ich nicht eingehen.

Am besten ist es, ich belasse es dabei. Ich habe einen neuen Bodyguard, ein paar Freunde, die mir zur Seite stehen und meine tollsten Momente mit mir erleben. Das muss reichen.

Der einzige Mann, mit dem ich mich vor der Kamera blicken lassen darf, ist mein Filmpartner. Und selbst hier kann es passieren, dass Gerüchte entstehen, ob wir vielleicht ein Paar sind, da wir uns im Film auch näher kommen. Doch dem ist nicht so, denke ich. Dan ist ein netter Kerl und ein wirklich lustiger Geselle. Er ist freundlich und hilfsbereit. Zudem sieht er wirklich gut aus mit seinen kurzen blonden Haaren, die er immer perfekt gestylt hat. Ebenso seine blauen Augen, die mich wieder und wieder fixieren. Zu oft verliere ich mich in ihnen. Eine gewisse Ähnlichkeit mit Shane ist doch vorhanden.

Ich schnaufe so laut, dass Claire und Violet zeitgleich anfangen zu lachen. «Oh, sieh einer an. Da ist jemand wirklich verliebt», fügt meine Assistentin hinzu.

«Mann, ihr nervt. Ich gehe auf's Zimmer. Ich muss ohnehin wieder zum Set.» Ich stehe auf und nehme mir meinen letzten Muffin mit.

«Das ist so süß», höre ich Claire schwärmen.

«Wenigstens hast du guten Geschmack», fügt Violet hinzu. «Auch wenn ich ihn nicht ausstehen kann, ist Shane ein echter Hingucker.»

Allerdings drehe ich mich nicht mehr um. Denn genau deshalb darf die Presse nichts davon erfahren. Wenn meine Freundinnen schon so sind, wie würde dann ein Journalist reagieren?

—

Am Set angekommen begrüßt mich mein Filmpartner mit einem freundschaftlichen Kuss auf die Wange. Wir haben uns auf Anhieb verstanden. Er weiß, wie er Menschen aufheitert und bei Laune hält.

«Dachte schon, du kommst nicht mehr», grinst er mich breit an.

«Ich würde dich nie alleine mit den Bösewichten lassen. Ohne mich wirst du mit denen doch nicht fertig», scherze ich.

Dan lacht und geht zum Büffet, während ich am Schminktisch Platz nehme und mich für die heutige Szene herausputzen lasse. Meine neue Visagistin ist wirklich gut. Auch beeindruckt mich meine Haarstylistin. Ich meine, wie viele verschiedene Frisuren kann man aus meinen Haaren zaubern, sodass jede normal und zugleich stylisch aussieht? Die wahren Helden des Films sind die Leute hinter der Kamera.

Nach einer halben Stunde bin ich fertig gestylt und umgezogen. Unsere heutige Szene spielt auf einer Straße. Es geht um eine Verfolgungsjagd. Während mein Partner fährt, sitze ich hinten auf der Maschine und muss auf unsere Feinde schießen, die uns mit einem Auto verfolgen. Natürlich nicht mit echten Waffen. Doch der Spaßfaktor bei diesem Filmdreh ist sehr hoch und ich kann kurzzeitig mein Zuhause und die Sache mit Shane vergessen.

Wir fahren jedes Mal ein kurzes Stück und neben uns rollt ein Kamerawagen auf einer Schiene. Nachdem wir die Szene abgedreht haben, kommt der Regisseur auf uns zu und gratuliert uns zu den tollen Aufnahmen.

«Die Szene ist im Kasten. Ihr beide seid ein echt gutes Team.» Seine Freude darüber, dass alles so glatt läuft, ist kaum zu überbieten.

«Tja, wir passen einfach zusammen. Habe ich recht, Leyla?» Er grinst mich breit an, wackelt mit den Augenbrauen und ich muss schon wieder lachen.

«Ja, Dan. Wir sind ein unschlagbares Duo.» Obwohl ich mir unsicher bin, ob er ein wenig mit mir geflirtet hat, tue ich es als Scherz ab und freue mich, dass ich mit meinem Filmpartner so gut zurechtkomme. Ich habe wirklich Glück mit ihm. Ein paar unserer Kollegen sind nicht so großherzig wie mein Partner. Vielleicht spielen sie deshalb die Bösewichte? Ich muss innerlich schmunzeln, vermutlich gäbe es zwischen ihren wirklichen Leben und ihren Filmfiguren keinen großen Unterschied, bis auf die Tatsache, dass sie keinen illegalen Drogendeal in einem Casino in Las Vegas durchziehen würden. Oder doch? Jetzt kann ich mir ein Lachen nicht mehr verkneifen.

«Was ist so lustig?», fragt Dan, der mein plötzliches Gelächter nicht versteht.

«Ach nichts. Hab nur an was Komisches gedacht.»

«Verstehe. Weihst du mich ein?»

Einen Moment überlege ich, erzähle ihm meine Theorie und auch Dan bricht in lautes Lachen aus. Als dann einer der *Bö-*

sewichte zu uns kommt, um die nächste Szene zu besprechen, kriegen wir uns beide kaum noch ein. Ich muss mir den Bauch halten, weil mir alles weh tut, versuche, mich aber zu beruhigen, weil unser Gegenüber uns mit einem grimmigen Blick verflucht. Er hat wohl gemerkt, dass er der Grund war, aus dem wir uns so gebogen haben.

«Entschuldige. Was wolltest du?», frage ich erneut und wische mir ein paar Freudentränen aus dem Gesicht. Sofort steht meine Visagistin neben mir und schminkt mich nach.

«Mit euch den Text für die neue Szene durchgehen. Aber kommt ihr erstmal wieder runter.» Er will verschwinden, da hält ihn Dan an der schwarzen Lederjacke zurück.

«Bleib ruhig hier. Und bitte schau nicht so mürrisch drein.» Ein letztes Lachen entkommt ihm, doch plötzlich ist er totenstill, als er den Gesichtsausdruck unseres Kollegen sieht. Ehrlich, wenn Blicke töten könnten.

Dan schluckt laut und auch ich presse meine Lippen fest aufeinander, damit kein Laut mehr über sie kommt. Wir lassen uns die Textstelle zeigen und besprechen die weitere Vorgehensweise. Danach geht es an den Dreh der nächsten Filmsequenz.

Schon auf der Fahrt nach Las Vegas habe ich mich gefragt, warum wir nicht in den Filmstudios in L.A. drehen, denn hier müssen sie einiges absperren. Doch die Straßen und Hotels in Las Vegas sind einzigartig. Vor Ort zu sein, ist ein ganz anderes Gefühl. Die Gebäude, die Lichter, die Stadt ist so voller Eindrücke, das Lebensgefühl kann man unmöglich am Computer generieren. Zumindest für uns Schauspieler ist es einfacher, wenn wir mitten im Geschehen drehen. Außerdem hatte ich so die Möglichkeit, einen Trip nach Las Vegas zu machen.

Für die Dauer des Aufenthaltes ist Matt meine Aufsichtsperson und mein Erziehungsberechtigter auf Zeit. Violet hätte sich dafür gemeldet, aber die muss nächste Woche wieder nach L.A. zurück, um das kommende Schuljahr vorzubereiten.

Nach fünf Stunden Dreh machen wir endlich Pause und gehen Mittagessen. Dafür bekommen wir von einem der Restaurants ein Catering zur Verfügung gestellt und jeder darf sich von allem ein bisschen was aussuchen. Würde die Filmcrew jeden Tag schick Essen gehen, könnte sich wohl keiner die Produktion eines Films leisten.

«Oh gut, heute gibt es Meeresfrüchte, die Garnelen hier sind die Besten», bemerkt Dan, der neben mir steht und seinen Teller füllt, während ich mich nicht entscheiden kann. «Hast du schon an so vielen Orten welche gegessen, dass du das beurteilen kannst?» Ich lächle ihn an. Ihm kann kaum etwas die Laune verderben, ganz anders als bei mir.

«Nein, das nicht. Ich war nur an ein paar Orten. Aber die hier sind die besten von denen, die ich bisher probiert habe.»

«Verstehe.» Ich kann seiner Logik nicht ganz folgen, aber ich freue mich über sein fröhliches Gemüt. Dan ist genau die Art von Person, die ich im Moment brauche. Jemand, der mich mit seiner Art ablenkt und auf andere Gedanken bringt. Nicht wie bei Shane. Bei ihm werde ich immer nur an meine eigene Situation erinnert – und wieder ist er in meinem Kopf.

«Leyla?» Dan sieht mich fragend an. «Hast du gehört, was ich gerade gesagt habe?»

«Sorry. Wovon hast du gesprochen?» Ich erzwinge ein freundliches Lächeln und hoffe, dass es nicht zu gekünstelt aussieht. Mich ärgert es selbst, dass ich immer wieder gedanklich abschweife, aber ich kann es nicht abstellen.

«Gehst du auch auf die Party heute? Du weißt, der Regisseur hat Geburtstag.»

«Ähm... Ja, ich denke schon. Dürfen da alle hin?»

«Ja, alle von der Filmcrew und auch die Helferlein und so sind eingeladen. Gehen wir zusammen hin?»

Er schenkt mir so ein charmantes Lächeln, dass ich nicht ablehnen kann. Auch wenn ich ihm keine falschen Hoffnungen machen will, denn irgendwie habe ich das Gefühl, er kann mich sehr gut leiden. Auf eine besondere Art.

«Gern.»

«Super, ich hole dich um sieben von deinem Hotelzimmer ab.» Er zwinkert mir zu und setzt sich dann zu unseren Schauspielkollegen an den Tisch.

Vielleicht ist so ein Abend eine gute Idee. Seit Shane mein Bodyguard war, war ich auf keiner Party mehr, da er mich mit Adleraugen beobachtet hat und ich schlecht nach der Arbeit abhauen konnte. Und von zuhause, nun, nachdem mein Stiefvater mit mir fertig war, wollte ich nicht, dass mich jemand sieht.

Ich sehe noch ein letztes Mal zu Dan und spüre, dass ich mich wirklich auf diesen Abend freue. Endlich etwas Normales unternehmen, was nicht mit der Arbeit zu tun hat, und Spaß haben, tut mir bestimmt gut. Vor allem, weil ich in Las Vegas nicht das Gefühl habe, mich verstecken zu müssen.

Es mag sein, dass es an den vielen Meilen liegt, die ich von zuhause weg bin, oder daran, dass die Leute hier anders sind. Vielleicht liegt es auch allgemein an der Stadt. Ganz gleich, was es ist, ich fühle mich geradezu mutig.

Jetzt muss ich nur die Sache mit meinem Bodyguard klären, der mich schon die ganze Zeit beobachtet. Ernsthaft, er könnte mir wenigstens beim Essen ein bisschen Privatsphäre gönnen. Natürlich steckt Matt dahinter, der ihm gesagt hat, dass er besonders gut aufpassen muss und ihm von meiner Vergangenheit erzählt hat.

Wie dem auch sei: Ich muss es versuchen, also nähere ich mich ihm. Da fällt mir auf, dass ich seinen Namen noch gar nicht kenne.

«Hey, Bodyguard.»

Keine Antwort, nur ein leises Grummeln.

«Ich gehe heute Abend auf eine Party, aber du kannst dir gerne frei nehmen.»

«Das kann ich nicht.» Wow, ich habe vergessen, wie tief seine Stimme ist. Dennoch werde ich mich davon nicht einschüchtern lassen.

«Gut, dann holst du mich eben um sieben Uhr vorm Hotel ab. Dan fährt auch mit.» Keinesfalls habe ich Lust, dieses Spiel nochmals zu spielen. Wenn ich nicht nachgebe, taucht er bloß unangemeldet vor meiner Türe auf und lässt mich keine einzige Sekunde aus den Augen. Dazu muss ich gestehen, dass ich auch ein bisschen Angst vor ihm habe. Anders als bei Shane ist sein Auftreten wirklich einschüchternd.

Tatsache ist, ich will auf diese Feier gehen und endlich mal wieder Spaß haben, also lasse ich mich von ihm kutschieren. Diesmal bin ich nicht alleine mit meinem Bodyguard, denn Dan wird mich abholen.

Das hätte Shane niemals akzeptiert, aber ich glaube nicht, dass es diesen Kerl interessiert, mit wem ich meine Freizeit verbringe, solange er keine Gefahr für mich darstellt.

«Mhm.» Eine kurze Antwort, wie vermutet. Er dreht sich wieder zum Tisch und genießt sein Mittagessen. Wobei mir auffällt, dass er sehrwohl regelmäßig die Gesellschaft an meinem Tisch beobachtet.

Vor allem hat er Dan im Visier, der seine Späße macht und mir immer wieder ein freundliches Lächeln schenkt. Vielleicht ist dieser Bodyguard ein bisschen eifersüchtig oder einfach extrem misstrauisch.

Dennoch muss ich schmunzeln, als sich Dans und sein Blick treffen und mein Filmpartner laut schlucken muss, während er versucht, dem tödlichen Gesichtsausdruck meines Beschützers auszuweichen. So könnte das wirklich ein amüsanter Abend werden.

—

Shane

«Nein.»

Beinahe wäre ich ohnmächtig geworden. Rick hat mir gerade den Schock meines Lebens verpasst. Wusste er es? Hat er es nicht erzählt, weil in ihm doch ein guter Kern steckt? Oder war das alles nur gespielt, um uns Angst einzujagen und sich selbst zu amüsieren?

Mike hat mir erzählt, dass sein ehemaliger Kollege geplaudert hat. Dennoch waren nur Violet und Matt darüber informiert. Welchen Grund sollte er gehabt haben, noch mehr Menschen davon zu erzählen?

Dave hat auf jeden Fall dichtgehalten. Er und Shanon haben damals zu mir gestanden und glaubten nicht, dass die Anschuldigungen wahr sein konnten. Da mein Prozess damals jedoch gedauert hat, weil viele Aussagen nicht übereinstimmten, war ich ein paar Monate im Gefängnis.

«Nein?», fragt der Verteidiger erneut und holt mich damit zurück in die Gegenwart.

«Nein. Es gab keine weiteren Fälle von Gewalt in unserer Familie», wiederholt Rick und kann sich ein fieses Lächeln nicht verkneifen.

Egal, was gerade in seinem Kopf vorgeht, dieser Mann hat

sie nicht mehr alle. Es scheint ihm Spaß zu machen, im Mittelpunkt zu stehen und zu sehen, wie ihn alle als das Monster betrachten, das er ist.

Nachdem die Verhandlung vorbei ist, stürme ich förmlich ins Freie. Ich dachte, dass ich die Sache von damals längst vergessen oder zumindest verdrängt habe, doch dem scheint nicht so. Ich hatte die ganze Zeit das Gefühl, ich selbst würde auf der Anklagebank sitzen.

«Alles in Ordnung, Shane?», fragt Mike, der mir mit den anderen gefolgt ist.

«Ja, es geht mir gut. Ich brauchte nur frische Luft.»

Keinesfalls sollen sie merken, wie nervös ich war. Immerhin geht es hier um Riley und nicht um mich. Woraufhin ich mich zu meiner Familie umdrehe und sehe, dass ein wenig Farbe ins Gesicht meiner Schwester zurückgekehrt ist. Riley und Dave geht es auch besser, seit wir das Gebäude verlassen haben.

«Gut. Es sind noch ein paar rechtliche Sachen zu klären, aber er wird für lange Zeit hinter Gitter sitzen. Sie brauchen sich also keine Sorgen mehr zu machen. Riley ist nun in Sicherheit.» Mike schenkt der Kleinen ein süßes Lächeln und streichelt ihr über den Kopf.

Sie hat ohnehin nur die Hälfte von dem verstanden, was dort drinnen geschehen ist. Ich bin nur froh, dass sie es geschafft hat. Jetzt bleibt nur noch eine Frau, die ich aus ihrem Käfig befreien will. Leyla.

«Du denkst schon wieder an sie, oder?» Dave hat mich sofort durchschaut. «Ruf sie an. Frag sie, wie die Schauspielerei läuft und wie ihr Las Vegas gefällt. Ganz banale Dinge. Der Rest wird sich von selbst klären.»

«Danke, zuerst muss ich jedoch ihr Vertrauen zurückgewinnen.»

«Dann tue das», fügt meine Schwester mit einem Lächeln hinzu. «Du hast uns genug geholfen, Shane. Flieg zu ihr und sag ihr, was du für sie empfindest.»

Ich muss mir den letzten Satz noch einmal durch den Kopf gehen lassen. *Sag ihr, was du für sie empfindest.*

«Wie kommst du darauf...»

«Ich bitte dich, das sieht doch jeder. Und nach allem, was sie durchgemacht hat, braucht sie dich bestimmt genauso wie du sie.»

Ich nicke und wende mich an Mike. «Danke für deine Hilfe. Ohne dich hätten wir das nicht geschafft.»

«Kein Problem. Dafür sind Freunde doch da.» Er schlägt ein und schenkt mir eine freundschaftliche Umarmung.

«Shanon, wenn irgendwas ist, ruf mich an. Hörst du?»

«Ja, Shane. Und jetzt mach dich auf den Weg.»

«Danke für deine Unterstützung», fügt Dave noch hinzu.

Ich verabschiede mich von ihnen und tätschle Riley über den Kopf. «Du bist ein sehr tapferes und mutiges Mädchen. Wenn ich zurück bin, gehen wir mal in den Zoo.»

«Okay. Sagst du Leyla jetzt, dass du sie gern hast?»

Ich blinzle, weil ich der Meinung bin, mich gerade verhört zu haben. Deshalb schenke ich ihr ein süßes Lächeln und gebe ihr zum Abschied einen Kuss auf die Wange. Dennoch hat sie es gesagt. Selbst meine Nichte will, dass ich Leyla meine Liebe gestehe.

KAPITEL 16:
PARTYABEND

Shane

Als ich im Flieger sitze, überkommt mich ein komisches Gefühl. Was sage ich ihr, wenn ich vor ihr stehe? Darüber habe ich noch nicht nachgedacht. Und wenn ich überstürzt gehandelt habe? Ja, sie bedeutet mir sehr viel, was sogar meiner Schwester aufgefallen ist. Selbst meine kleine Nichte hat bemerkt, wie wichtig mir Leyla ist. Wie sieht es indessen mit mir aus? Bin ich schon bereit dafür, ihr meine Gefühle zu gestehen? Darf ich das überhaupt und wird sie mir zuhören?

Ganz gleich, wie diese Reise endet, ich muss ihr endlich sagen, was ich fühle und es mir selbst und ihr bewusst machen. Meinen Job als ihr Bodyguard bin ich los, also fällt diese Hürde weg.

Der Chef meiner Firma hatte Verständnis für meine abrupte Vertragsauflösung, denn er weiß, was damals wirklich geschehen ist, und hat mir deshalb gleich einen neuen Auftrag besorgt, durch den ich die Chance habe, nach Las Vegas zu fliegen. Im Moment bin ich dafür zuständig, den Schauspieler neben mir, dessen Name ich kaum aussprechen kann, zu begleiten. Scheinbar dreht ein guter Freund von ihm in Las Vegas einen Film und feiert heute Abend seinen Geburtstag, zu dem er einige Leute eingeladen hat.

Könnte das der gleiche Regisseur sein, der Leyla eine Rolle gegeben hat? Claire hat mir geschrieben, dass sie auch in Las Vegas sind. Möglich wäre es.

Darüber grübelnd lasse ich meinen Blick prüfend durch die Reihen schweifen, ob sich irgendjemand verdächtig verhält. Man kann nie vorsichtig genug sein und in einem Flugzeug gibt es keine Fluchtmöglichkeiten. Ich muss also die Gefahr erkennen, bevor sie da ist.

Im selben Augenblick erfasse ich Leylas Fotos auf einem Handy. Der Kerl, welcher zwei Sitze diagonal vor mir sitzt, starrt ihr Bild auf seinem Telefon an und hat dabei ein fieses Grinsen aufgesetzt. Er trägt eine Mütze und eine Sonnenbrille, obwohl hier im Flugzeug keine Sonne scheint. Ist er ein Stalker? Ein Perverser?

Genau kann ich es nicht sagen, aber vom Alter her könnte er ihr Vater sein. Mir wird schlecht, wenn ich darüber nachdenke, was für Typen sich Leylas Bilder ansehen und was sie damit alles machen könnten.

Ich halte mir die Faust vor den Mund und versuche, auf andere Gedanken zu kommen, weil ich es widerlich finde. Dabei weiß ich selbst, wie hübsch Leyla ist und dass sie von genug Leuten angestarrt und vergöttert wird. Als Model muss man mit solchen Situationen rechnen, trotzdem kann ich es nicht ab, wenn diese Kerle das vor meinen Augen machen. Ernsthaft, man weiß nie, was in den Köpfen von diesen Typen vorgeht, auch wenn ich es mir gut vorstellen kann. Dazu sind genau diese Männer eine Gefahr für Leyla, was wohl auch mit der Grund war, warum Matt mich damals als ihren Bodyguard organisiert hat.

Weil ich das nicht länger mitansehen kann, stehe ich auf und gehe Richtung Toilette. Beim Vorbeigehen verliere ich absichtlich kurz das Gleichgewicht und stoße gegen ihn. Wütend sieht er zu mir auf, dreht sich jedoch sofort wieder weg.

«Entschuldigung», gebe ich von mir, um ihn zu besänftigen. Doch er richtet sich nur sein Kopfkissen. Den Bildschirm des

Telefons schaltet er dabei schwarz und steckt es wieder ein.

Beruhigt gehe ich weiter zu den Toiletten und muss innerlich über meinen Triumph lächeln. Er ist nur einer von vielen, die ich kurz davon abhalten konnte, ihre Fantasien über Leyla auszuleben. Aber das genügt mir.

Beim Zurückgehen sehe ich, dass er sein Handy immer noch eingesteckt hat. Unsere Blicke treffen sich kurz, er ist jedoch vernünftig genug, weder mit mir eine Diskussion anzufangen, noch sich seine unangebrachte Vorliebe ansehen zu lassen. Und doch werde ich diesen Mann nicht mehr aus den Augen lassen, bis wir gelandet sind. Denn er ist mir ein Dorn im Auge. Zudem überlege ich, ob dieser Kerl Leylas Stiefvater sein könnte. Ich habe ihn bisher nur kurz gesehen und soweit ich weiß, verlässt er kaum das Haus. Da wird er nicht so eine Reise auf sich nehmen. Ein unangenehmes Gefühl breitet sich dennoch in meiner Magengegend aus.

—

Leyla

Noch den letzten Schmuck angesteckt und fertig. Dieses rote Kleid hat Claire ausgesucht und irgendwie habe ich darin mehr Oberweite als sonst. Bis zum Boden ist es jedoch geschlossen und hat nur einen kleinen Schlitz seitlich am linken Bein. Leider habe ich das Gefühl, dass dieses Outfit die falschen Signale sendet, und seufze deswegen laut.

Mittlerweile sind meine blauen Flecken und Schwellungen zurückgegangen. In meinem Gesicht strahlt nur das Blau meiner Augen, und der rote Lippenstift, den ich, passend zum Kleid, aufgetragen habe. Die Narbe auf meiner Wange, die zum

Glück sehr klein ist, konnte ich mit Rouge überdecken. Die Blume, die mir Claire ins Haar gesteckt hat, rücke ich zurecht. Zum ersten Mal seit langem fühle ich mich wieder schön.

Ich weiß, dass ich als Model beinahe jeden Tag in Szene gesetzt werde, um das Beste aus mir herauszuholen, und doch hatte ich immer das Gefühl, dass etwas fehlt. Vielleicht lag es daran, dass es nur für meine Arbeit war. Ja, ich habe mich nie für einen Mann hübsch gemacht, nur für den Job. Nicht mal für Shane.

Bei ihm habe ich immer nur meine Wunden versteckt, um möglichst nicht aufzufallen. Und wieder denke ich an ihn. Was würde er wohl sagen, wenn er mich so sehen könnte?

«Jetzt zieh nicht so ein Gesicht», schimpft Violet, die in mein Zimmer gekommen ist und beobachtet, wie ich mich fertig mache.

«Er wird Augen machen, Leyla», schließt Claire mit an, die mich beim Schminken unterstützt hat.

Ich wende mich vom Spiegel ab und drehe mich zu meinen Freundinnen. «Ich danke euch.»

Da klopft es auch schon an der Tür und Claire öffnet sie. «Nur hereinspaziert.»

Dan betritt den Raum und bleibt mit offenem Mund stehen, als er mich entdeckt. «Wow» ist das Einzige, was über seine Lippen kommt.

«Sieht sie nicht toll aus?», fragt Claire begeistert. Sie streicht mir durchs Haar und legt es schön auf meine Schulter.

«Ja, unglaublich schön.» Ein wirklich charmantes Lächeln geht in meine Richtung und ich gebe es zurück. Dann bietet mir Dan seinen Arm an und wir treten zusammen aus dem Zimmer. Auch Violet und meine Assistentin folgen uns, denn sie gehen ebenso auf die Party.

Vor der Tür des Hotels wartet mein Bodyguard. Pünktlich auf die Minute. Wir steigen alle in den Bus ein, mit dem wir aus L.A. hergefahren sind, und machen uns auf den Weg zur Geburtstagsparty.

Dort angekommen läuft schon laute Musik, und Hunderte von Gästen sind anwesend. Vermutlich sind auch einige dabei, die direkt von hier sind oder andere gute Freunde des Regisseurs, die zu seinem Geburtstag nach Las Vegas angereist sind.

«Ich hole mir einen Drink. Violet, willst du mitkommen an die Bar?» Claire versucht wohl, Violet abzulenken, damit ich mit Dan alleine sein kann, denn sie zwinkert mir verschwörerisch zu, während sich die beiden entfernen.

Ich schüttle den Kopf, weil ich ihr Spiel durchschaut habe, doch da zieht mich mein Filmpartner mit sich.

«Hey Leute, schön, dass ihr auch gekommen seid. Dann kennen wir wenigstens ein paar Gesichter», gibt einer unserer Kollegen von sich, der uns entdeckt hat und grinst dabei seine Flasche an. Die meisten hier sind über einundzwanzig und dürfen Alkohol trinken. Nur Dan und ich fallen aus der Reihe. Auch deswegen erfreue ich mich über seine Anwesenheit. Es wird nicht mehr lange dauern und alle hier werden ziemlich betrunken und kaum noch zu verstehen sein. Wenigstens kann ich mich dann mit meinem Partner unterhalten.

«Ich hole uns mal was zu trinken. Wartest du hier?» Ich nicke und er geht Richtung Bar. Er ist wirklich fürsorglich und sehr erwachsen für seine zwanzig Jahre.

In der Zwischenzeit inspiziere ich den großen Saal, in dem die Feierlichkeiten stattfinden und erfreue mich der glitzernden Deko und der guten Musik. Alle sind gestylt wie bei einer Filmpremiere. Das ist wirklich eine Feier zwischen Stars und Sternchen.

Plötzlich erstarre ich kurz, als ich jemanden sehe, mit dem ich hier nicht gerechnet hätte. Am anderen Ende des Saals steht ein Mann in einem schicken Anzug. Seine Haare sind zu einem Dutt gebunden und seine breiten Schultern sind mir sofort ins Auge gefallen. Ich sehe ihn nur von hinten, kann deshalb sein Gesicht nur erahnen. Die Sonnenbrille auf seinem Kopf erkenne ich jedoch wieder. Shane.

«Hier dein Getränk, Leyla. Es ist ein alkoholfreier Cocktail.» Dan reicht mir das Glas und ich bedanke mich bei ihm. Sogleich suche ich wieder den Fremden, finde ihn aber nicht mehr. Er ist fort. Habe ich mir das nur eingebildet?

Später unterhalte ich mich mit Claire und Violet, die auch ihren Spaß haben. Beide werden immer wieder von Männern umgarnt, auch von anderen Mitgliedern der Filmcrew und ich muss mir ein Lachen verkneifen. In Claires Gesicht entdecke ich Freude. Sie scheint das zu genießen und empfindet die Gesellschaft ihrer Verehrer angenehm.

Violet hingegen wirkt unzufrieden. Meiner sonst so starken und selbstbewussten Freundin hat es wohl die Sprache verschlagen, was mich zum Lachen bringt.

«Was ist denn so lustig?», fragt Dan, der sich wieder zu mir gesellt hat.

«Ach nichts. Ich beobachte nur meine Freundinnen, wie sie mit den Männern fertig werden, die wie Bienen den Honig umschwärmen.»

«Du hast recht, das sieht man hier selten.» Er lacht und schüttelt dabei den Kopf. «Deine Freundinnen sind hübsch.» Dann dreht er sich zu mir. «Aber lange nicht so hübsch wie du.» Er grinst, stellt unsere Gläser beiseite und hält mir die Hand hin. «Willst du tanzen?»

Noch bevor ich eine Antwort geben kann, zieht er mich mit sich und wirbelt mich einmal herum, bevor mich seine Hand an ihn presst und er mir tief in die Augen sieht. «Du bist wirklich wunderschön, Leyla.»

Ich muss schlucken und er macht einen Schritt zurück, wobei er meine Hände in seine nimmt und dann wieder einen nach vor, während er seine Hüfte schwingt. In einem guten Rhythmus tanzen wir die Schritte zu Salsa.

Ein paar Minuten später tanzt Claire an uns vorbei und zeigt mir den Daumen nach oben. Ich weiß, dass sie es gut meint, aber ich habe das Gefühl, etwas falsch zu machen. Als würde ich jemanden hintergehen. Was unmöglich ist, da ich keine Beziehung habe. Das Gefühl bleibt dennoch hartnäckig.

Als ich eine Drehung mache, denke ich erneut, Shane unter den Gästen gesehen zu haben. Aber das ist nicht möglich. Oder doch? Ich weiß, es ist unfair Dan gegenüber, mir zu wünschen, Shane wäre hier, an seiner Stelle. Nichtsdestotrotz kann ich es nicht kontrollieren. Ich vermisse ihn.

Nach etwa einer halben Stunde wird mein Tanzpartner langsamer und bleibt schließlich stehen. «Sollen wir eine Pause machen? Du wirkst erschöpft.»

Dan ist aufmerksam. Es ist ihm nicht entgangen, dass ich mit meinen Gedanken woanders bin als bei ihm und diesem schönen Abend.

«Ja, ich müsste mal kurz wohin.»

«Gut, ich hole uns noch was zu trinken. Treffen wir uns dann wieder hier?»

«Gern.» Eilig suche ich die Toiletten auf, vor denen bereits eine Schlange Frauen wartet. Ich muss wohl kurz ausharren.

Plötzlich tippt mich jemand an der Schulter an. Claire und

Violet stehen hinter mir.

«Na, wie ist Dan so?», fragt Claire und grinst dabei von einer Wange zur anderen. Sie scheint schon sehr gut gelaunt zu sein.

«Er ist nett, aber das war's auch schon. Da ist sonst nichts.»

Meine Assistentin wirkt nicht zufrieden mit dieser Antwort. Violet dagegen scheint erleichtert zu sein.

«Gut, denn ich habe jemanden gesehen, dem das nicht gefallen würde. Shane ist hier.»

Plötzlich versteift sich alles in mir. «Hast du gerade Shane gesagt?»

«Ja. Er scheint dienstlich hier zu sein.»

Es war also keine Einbildung. Shane ist tatsächlich hier auf dieser Party in Las Vegas.

Mir bleibt keine Zeit, darüber nachzudenken, da mich Claire zur nächsten Toilettentür schiebt. «Los, beeil dich, ich muss schon dringend.» Besser ich lasse sie und Violet vor. Sonst stressen sie mich noch mehr.

Zurück im Vorraum mit den Waschbecken sind meine Freundinnen bereits gegangen und ich wasche mir in Ruhe die Hände. Im Spiegel erkenne ich mich kaum wieder, mit diesen roten Lippen, dem schönen Make-up und der roten Blume im Haar. Es ist immer noch eigenartig, so auszusehen und nicht im nächsten Moment eine Fotosession zu haben.

Einmal tief durchgeatmet trockne ich meine Hände, um die Örtlichkeit zu verlassen. Ich öffne die Tür und mache zwei Schritte hinaus.

Auf einmal erstarre ich, als ich sehe, wer vor mir steht.

«Leyla?»

KAPITEL 17:
SHOWDOWN IN LAS VEGAS

Leyla

Er ist wirklich hier. Was mache ich jetzt? Mein Herz fängt an, wie wild zu rasen und ich weiß nicht mehr, wo mir der Kopf steht.

«Du siehst wunderschön aus.» Shane macht mir ein Kompliment und schenkt mir ein Lächeln, das so viel Wärme ausstrahlt und mich zugleich beinahe zum Weinen bringt.

«D... danke Shane», presse ich hervor.

«Keine Sorge, ich bin dir nicht gefolgt. Ich bin beruflich hier.» Er hat wohl meine Nervosität bemerkt. Ist auch verständlich, wenn ich mich aufgeregt am Arm kratze und seinen Blick meide.

«Also dann, ich sollte wieder zu meinem Schützling zurückkehren.» Er deutet auf einen Mann, der sich mit dem Regisseur unterhält. Ich erkenne ihn nur, weil er kurz seine Brille absetzt, um sie zu reinigen. «Dein Auftrag ist Ben...» Noch bevor ich den Namen laut ausrufen kann, hält mir Shane einen Finger an die Lippen.

«Das muss nicht jeder wissen.» Er lächelt und deutet damit an, dass dieser Gast inkognito hier ist. Deshalb trägt er wohl diese Perücke, denn seine echten Haare sind braun. So viel weiß ich.

Shane dreht sich von mir weg und will schon einen weiteren Schritt machen, als ich ihn am Anzug festhalte. «Warte.» Verwundert dreht er sich zu mir um. «Wollen wir tanzen?»

Ich kann nicht glauben, was ich da sage, aber ich will nicht, dass er wieder geht. In seiner Nähe fühle ich mich wohl und geborgen. Vor allem will ich ihn mit niemand anderem teilen. Egal, wie berühmt die Person auch sein mag.

Shane nimmt meine Hand in seine. «Das würde ich gerne, aber du weißt, ich darf mich dir nicht mehr nähern. Das hier ist eigentlich schon verboten. Und wenn Matt, der hier sicher irgendwo ist, mich sieht, dann bekomme ich Ärger.» Verlegen kratzt er sich am Kopf und weicht nun meinen Blicken aus.

«Nur ein Tanz.»

Ich gebe nicht auf. Es ist mir egal, wer alles etwas dagegen hat, oder wie das auf die restlichen Gäste wirken mag, denn ich habe ihn wirklich gern. Und ich will nicht, dass Shane sich jetzt umdreht, geht und ich nicht weiß, wann ich wieder die Gelegenheit habe, ihm so nahe zu sein.

Shane atmet einmal tief durch und denkt wohl darüber nach, was er tun soll. Dann sieht er mir tief in die Augen. «Okay, ein Tanz.»

Zufrieden ziehe ich ihn mit mir und wir bleiben inmitten des großen Saals stehen. Er legt seinen linken Arm um meine Taille und mit der rechten Hand ergreift er meine. Dann wirbelt er mich einmal herum, bis ich mich in seinen Armen wiederfinde. Ich lasse mich von ihm führen, er ist nicht nur ein klasse Bodyguard, sondern auch ein sehr guter Tänzer.

Sein Blick wandert durch den Saal und ich muss darüber schmunzeln, wie er seine Stirn in Falten legt. Er kommt sich wohl verfolgt vor und ich kann es verstehen. Trotzdem genieße ich diesen Moment. Sanft umschlinge ich seinen Hals, mit meinen Armen, und lege meinen Kopf an seine Brust. Kurz realisiere ich, wie er zögert, dann drückt er mich an sich und legt seine Arme fester um meine Taille.

Zum Glück sind hier einige Stars und Sternchen anwesend, sodass wir nicht weiter auffallen. Trotzdem werde ich das Gefühl nicht los, dass wir beobachtet werden.

Leicht drehe ich meinen Kopf und entdecke Dan, der mit zwei Gläsern in der Hand am Rand der Tanzfläche steht. Enttäuscht sucht er das Weite. Eigentlich sollte ich ihm folgen, aber ich will mich nicht von Shane trennen. Ich spüre seinen Atem in meinem Nacken und seine Wärme an meinem Hals. Bei meinem Filmpartner werde ich mich später entschuldigen. Zuerst will ich diesen Augenblick genießen.

Als sich das Lied dem Ende nähert, lässt Shane von mir ab und macht einen Schritt rückwärts. «Ich sollte wieder zu meinem Schützling zurück, Leyla.»

Jedes Mal, wenn er meinen Namen sagt, durchfährt mich ein angenehmer Schauer. Ich kann ihn noch nicht gehen lassen. «Aber vorher will ich wissen, was damals wirklich passiert ist. Bei deinem Auftrag von vor zwei Jahren.»

Shane erkennt die Strenge in meinem Blick und hat wohl begriffen, dass ich nicht locker lassen werde. «Das bist du mir schuldig», füge ich hinzu, um ihn endgültig zu überzeugen.

Er sieht kurz zu Boden und dann wieder zu mir. «Können wir irgendwo ungestört reden? Dann erzähle ich es dir. Außerdem muss ich einen Ersatz für mich finden, der währenddessen auf meinen Schützling aufpasst.»

Beim Hinausgehen komme ich noch mal bei Dan vorbei, der mich kurz mustert, dann in die andere Richtung sieht. Er ist wohl sauer. Morgen werde ich versuchen, ihm die Situation zu erklären.

Shane und ich steigen in seinen Wagen und ich sage ihm, wo mein Hotel ist. Dort angekommen sprechen wir kaum ein Wort, bis wir mein Zimmer erreichen. Shane setzt sich auf das Bett und ich nehme neben ihm Platz.

«Alles, was ich dir jetzt erzähle, ist streng vertraulich», beginnt er und zupft dabei nervös an seinem Jackett. «Auch wenn Violet, Matt und vielleicht auch Claire ein paar Details kennen, wissen sie dennoch nicht alles.» Ich nicke zur Bestätigung und lasse ihn fortfahren. «Vor zwei Jahren nahm ich einen Auftrag an, bei dem ich eine Frau schützen sollte. Ich hatte sie öfter zu Konzerten gefahren und danach wieder nach Hause gebracht. Sie war etwas älter als ich, aber das spielt eigentlich keine Rolle. Jedenfalls, hat sie eine Bindung zu mir aufgebaut. Na ja, sie hat sich in mich verliebt, was sie mir immer wieder gesagt hat.» Shane macht eine kurze Pause. «Diese Liebe war allerdings einseitig und ich habe ihr wiederholt gesagt, dass mein Interesse an ihr rein beruflicher Natur sei. Darüber hat sie nur geschmunzelt. Sie hat mich nicht ernst genommen.

Eines Abends war sie ein bisschen angetrunken und hat mich gebeten, sie auf ihr Zimmer zu bringen. Ich bin der Bitte nachgekommen, habe sie sogar auf ihr Bett gelegt. Dann meinte sie, dass sie nicht alleine sein wolle und immer so einsam wäre. Sie hat mir unter Tränen Geschichten aus ihrer Vergangenheit erzählt, deswegen konnte ich nicht einfach gehen. Also habe ich, auf ihre Bitte hin, mit ihr eine Flasche Wein getrunken. Ich habe vielleicht ein Glas getrunken, also lag es nicht am Alkohol, was als Nächstes geschah. Denn während ich kurz die Toilette in ihrem Bad benutzte, hat sie Drogen in mein Glas geschüttet. Sie haben sich gleich aufgelöst und auch geschmacklich hatte sich nichts an dem Getränk geändert.

Anstatt aufzubrechen, konnte ich mich kaum bewegen und mir wurde schwummrig. Natürlich habe ich sie sofort gefragt, was in der Flasche wäre, doch sie hat nur gelacht und gemeint, wenn ich gleich mit ihr geschlafen hätte, wäre das nicht nötig gewesen.»

Shane fängt an zu zittern und ich merke, dass es ihm wirklich schwerfällt, darüber zu sprechen, trotzdem fährt er fort.

«Dann hat sie mich auf ihr Bett gezerrt und gefesselt. Und dann... dann hat sie mich verge... missbraucht...»

Stoßweise atmet er ein und aus. «Irgendwie habe ich es geschafft, mich zu befreien und mich gewehrt. Ich war so wütend und außer mir und hatte solche Angst, dass ich sie zu Boden gestoßen und auf sie eingeprügelt habe ... Sie hat geschrien, doch ich konnte mich nicht stoppen, bis jemand den Sicherheitsdienst rufen ließ. Sie haben die Tür eingetreten und mich von ihr runtergezerrt ... Und dann wurde ich ins Gefängnis gesteckt, denn ich habe sie fast totgeschlagen.»

In meinem Hals bildet sich ein Knoten und ich weiß nicht, was ich sagen soll. Ich bin schockiert darüber, was Shane passiert ist. So eine Geschichte hätte ich nicht erwartet. Doch alleine das Wissen darüber, zu welcher Gewalt er fähig war, was er mit dieser Frau gemacht hat, erinnert mich so sehr an mein eigenes Zuhause, dass sich in mir alles zusammenzieht.

Ich stehe auf und mache einen Schritt rückwärts, als Shane mich am Arm zurückhält. «Du musst keine Angst vor mir haben, Leyla.» Er sieht mich mit einem Blick an, in dem Verzweiflung, aber Schuld steht. «Deshalb wollte ich es dir nicht erzählen. Weil ich weiß, dass du auch eine schwere Last auf deinen Schultern trägst. Auch wenn du es vor allen verbergen willst. Weil du ... weil du auch geschlagen wurdest.»

«Ich ... Das ist ...» Ich bin nicht fähig, einen klaren Satz zustande zu bringen, stammle nur herum.

«Deshalb kann ich nicht mehr dein Bodyguard sein», fährt Shane fort. «Selbst wenn Matt mich nicht gefeuert hätte, wäre ich irgendwann gegangen. Es ist zu gefährlich für deine Karriere, dass meine Vergangenheit mit dir in Verbindung gebracht wird. Und da du mich gebeten hast, nichts gegen deinen Stiefvater zu unternehmen, werde ich mich von dir verabschieden müssen. Ansonsten müsste ich handeln und diesen Kerl hinter Gitter bringen. Ich kann das nicht länger mitansehen. Deshalb siehst du mich heute zum letzten Mal, Leyla.»

«Was?» Will er den Kontakt wirklich abbrechen? Ich sehe Shane tief in die Augen und erkenne darin Strenge, ebenso große Traurigkeit. Er meint es ernst.

«Aber...»

«Nein. Es ist das Beste für dich. Auch wenn ich nicht dein Bodyguard bin, muss ich dich beschützen. Denn es ist etwas passiert, was nicht hätte geschehen dürfen. Ich habe mich in dich verliebt.» Er kommt auf mich zu und gibt mir einen Kuss auf die Wange. «Deswegen muss ich dich gehen lassen. Leb wohl, Leyla.»

Eine Sekunde später ist er aus der Tür und aus meinem Leben verschwunden. Schockiert lasse ich mich aufs Bett fallen und rutsche langsam an der Kante hinunter, bis ich auf dem Boden sitze. Wie ein Film laufen die letzten Minuten noch einmal vor meinem inneren Auge ab. Ich starre ins Leere, weil ich weder die Geschichte von Shanes Vergangenheit noch die Tatsache begreife, dass ich ihn nie wiedersehen werde. Was ist gerade geschehen? Warum ist er gegangen?

Doch bevor ich weiter darüber nachdenken kann, höre ich ein Quietschen neben mir. Ich drehe meinen Kopf zur Seite und sehe, dass sich die Schranktür wie von Geisterhand öffnet. Als ich jedoch erkenne, wer sich darin versteckt hat und nun aus dem Schatten tritt, bleibt mein Herz beinahe stehen.

«Stiefvater?», frage ich, weil ich hoffe, eine Fata Morgana zu sehen.

Er hält einen Gürtel in der Hand, schreitet beinahe erhaben zur Zimmertür und schließt ab. Dann dreht er sich zu mir und grinst mich frech an.

«Hallo, meine Liebe. Ich habe dich vermisst.» Er lässt den Gürtel zu Boden schnalzen und nimmt ihn dann fest in beide Hände. «Hübsch siehst du aus in diesem Kleid. Aber weißt du, was mir nicht gefällt?»

Ich sehe ihn kaum vor mir, weil sich meine Augen bereits mit Tränen füllen. Zittere am ganzen Leib, kann mich nicht mehr bewegen. Meine Angst lässt mich erstarren und raubt mir zugleich den Mut, mich ihm entgegenzustellen.

«Was mir nicht gefällt, ist», spricht mein Stiefvater weiter, «dass meine Male verschwunden sind. Meine schönen Kunstwerke, die ich überall auf deinem Körper hinterlassen habe.» Jetzt beugt er sich zu mir herunter und ich kann seinen Atem auf meiner Haut spüren. «Dann muss ich dir eben Neue machen.»

Sofort spüre ich einen Luftzug, gefolgt von großen Schmerzen, als er den Gürtel auf mich niederfahren lässt. Wieder und wieder. Ich will schreien, um Hilfe rufen, doch meine Tränen und meine Furcht ersticken meine Worte und nur Wimmern verlässt meine Lippen.

Als ich versuche, zur Tür zu robben, zieht er mich zu sich zurück und schlägt nur noch härter zu.

—

Shane

Habe ich einen Fehler gemacht? Hätte ich bei ihr bleiben sollen? Auf meinem Weg nach unten in die Hotellobby frage mich, ob ich nicht längst etwas gegen Leylas schweres Schicksal hätte unternehmen sollen. Da ich ihre Karriere jedoch nicht aufs Spiel setzen und sie das Leben ihrer Mutter schützen will, kann ich mich nicht einmischen. Immerhin ist ihre Akte geheim. Alles, was ein Bodyguard erfährt, darf er außerhalb seines Jobs nicht weitergeben. Auch wenn es ihrem Schutz dienen würde, wären ihre Karriere und auch ihr soziales Leben damit gefährdet.

Unten angekommen, gehe ich bei der Rezeption vorbei und entdecke dort einen Typen, den ich auf der Party schon mit Leyla gesehen habe.

«Können Sie mir sagen, ob Leyla Thompson auf ihrem Zimmer ist?», fragt er die Rezeptionistin und ich gehe näher heran, weil ich neugierig bin. Natürlich unauffällig.

«Sie sind heute Abend schon der zweite Herr, der nach ihr fragt.»

«Tatsächlich?»

«Ja. Der andere Herr war ein älterer Mann. Vielleicht ihr Vater.»

«Was?!», schieße ich plötzlich hinter einer Säule hervor und erschrecke sie und diesen Kerl. «Wann war das?», will ich sofort wissen, weil mich ein ungutes Gefühl beschleicht.

«Vor etwa einer Stunde.»

Während die Rezeptionistin noch überlegt, ob das hinkommt, wende ich mich an sie. «Rufen Sie die Polizei und lassen Sie die in Leyla Thompsons Zimmer kommen.»

«Wieso?»

«Keine Zeit für Fragen! Ein Leben steht auf dem Spiel, denn dieser Mann ist gewalttätig!»

Sofort greift sie nach ihrem Hörer und wählt den Notruf, doch solange kann ich nicht warten. Ich schnappe mir den anderen Typen und zerre ihn mit mir.

«Hey, was soll das?»

Er wehrt sich, woraufhin ich ihn böse ansehe. «Wenn dir

Leyla etwas bedeutet, dann hilf mir jetzt, oder sie überlebt die Nacht vielleicht nicht.»

Entsetzen breitet sich in seinem Gesicht aus und er folgt mir nun ohne Widerspruch. Im Aufzug angekommen drücke ich sofort auf den fünften Stock und hoffe, dass wir nicht zu spät sind. Wenn der Kerl ihr bis hierher gefolgt ist, wozu ist er noch fähig?

«Ich bin übrigens Dan», stellt sich mein Gegenüber vor. Ich runzle kurz die Stirn, weil ich nicht finde, dass das der richtige Zeitpunkt dafür ist, nenne ihm aber auch meinen Namen. «Shane.»

Kurz darauf macht es *Pling* und wir haben die Etage erreicht. Ich laufe zur Tür und will sie öffnen. Abgeschlossen. «Verdammt!» Ich trete mit dem Fuß dagegen. «Leyla», rufe ich, doch niemand antwortet. Dann sehe ich einen Mitarbeiter des Hotels. «Hey, können Sie bitte das Zimmer öffnen?»

Er sieht mich verwirrt an. «Ist das Ihr Zimmer?»

«Nein, aber da drinnen wird gerade ein Mädchen zusammengeschlagen. Also öffnen Sie jetzt die Tür!», schreie ich und platze fast vor Ungeduld.

Langsam nähert sich der Mann dem Schloss, da er mir offenbar glaubt, und sucht die passende Schlüsselkarte in seiner Tasche. «Beeilen Sie sich!», schreit ihn Dan an, der auch verstanden hat, dass wir unter Zeitdruck stehen.

«Entschuldigen Sie mal...» Bevor wir ihn ausreden lassen, reißt Dan ihm die Karte aus der Hand und ich halte ihn fest, damit er nicht eingreifen kann.

«Hey, was soll das?»

Als Dan den richtigen Schlüssel gefunden hat, macht es *Klick* und wir stürmen ins Zimmer.

Erschrocken starrt uns Leylas Stiefvater mit einer grässlichen Fratze entgegen und hält dabei einen Gürtel in der Hand, an dem Blut heruntertropft.

Leyla liegt vor ihm auf dem Boden. Sie ist überall mit Blut besudelt und musste zahlreiche Schläge einstecken.

Sofort knie ich mich zu ihr und hebe vorsichtig ihren Kopf. «Leyla, hörst du mich?» *Bitte lass sie noch am Leben sein.*

«Sh... Shane?» Langsam öffnet sie ihre Augen, die verquollen und blau geschlagen sind.

Ich kann nicht anders und breche in Tränen aus. Ich ziehe sie an mich und bin einfach nur dankbar. Sie lebt.

«Schön hiergeblieben», höre ich Dan, gefolgt von einem Knall. Leylas Stiefvater kracht zu Boden und Dan zieht seinen Fuß unter ihm hervor. Er hat ihm wohl das Bein gestellt. Bevor er sich aufrichten kann, drückt ihn sein Bezwinger zu Boden und kniet sich auf seinen Rücken. Seine Hände fesselt Dan mit dem Gürtel, mit dem dieser Mistkerl Leyla geschlagen hat. «Du wirst dafür bezahlen!», schreit ihm Dan ins Ohr und im nächsten Moment trifft das Sicherheitspersonal des Hotels ein. Auch die Polizei dürfte nicht mehr lange brauchen.

Eigentlich wäre es meine Aufgabe gewesen, diesen Mistkerl bewegungsunfähig zu machen. Doch ich konnte Leyla nicht loslassen. Wieso habe ich sie nur allein gelassen?

«Weinst ... du etwa?» Unendlich tapfer versucht Leyla sich an einem Lächeln.

«Ja. Das tue ich.» Ich streichle ihr über ihre Wange und gebe ihr einen sanften Kuss.

«Versprich mir...» Sie will wieder sprechen. «Dass du bei mir bleibst.»

Ich sehe ihr tief in die Augen, auch ihr rollen Tränen die Wangen herunter. «Ich verspreche es. Ich bleibe von jetzt an für immer bei dir.»

—

Drei Tage später...

Leyla

Langsam öffne ich meine Augen, mein ganzer Körper schmerzt. Ich befinde mich offenbar in einem Krankenhauszimmer. Mein rechtes Auge ist geschwollen, ebenso wie meine Lippen, die zudem noch sehr trocken sind. Ich brauche Wasser.

Vorsichtig drehe ich meinen Kopf und erschrecke kurz, da Shane neben meinem Bett auf einem Sessel sitzt und schläft. Wie lange ist er schon hier? Hat er die ganze Zeit über mich gewacht?

Meine Hand gleitet über das Bett zu seinem Arm und ich streiche sanft darüber, dennoch wacht er deswegen auf. Sogleich formt sich sein Mund zu einem Lächeln.

Erneut lecke ich mir mit der Zunge über die trockenen Lippen und er reicht mir sofort ein Glas Wasser mit einem Strohhalm.

«Danke.» Meine Stimme klingt sehr heiser.

Sanft streicht er mir über die Wange und schenkt mir erneut ein süßes Lächeln. «Ich sage der Schwester Bescheid.»

«Nein, bitte bleib.» Ich klinge immer noch schrecklich, aber das ist mir egal. Ich will nicht, dass er geht.

«Keine Angst. Ich laufe nicht weg», antwortet er, als hätte er meine Gedanken gelesen.

Im selben Augenblick geht die Tür auf und eine Krankenschwester kommt herein. «Wie schön, Sie sind aufgewacht.» Sie geht zu einem Gerät und scheint sich ein paar Werte zu notieren. Dann sieht sie wieder zu mir. «Wie geht es Ihnen? Haben Sie Kopfschmerzen? Schwindel, Übelkeit?»

«Nein, mir tut nur alles weh.» Ich versuche zu lächeln, doch es gelingt nicht.

«Das wird wieder. Ich hole den Arzt. Ihr Freund kann solange hierbleiben.» Sie zwinkert Shane zu. «Wir haben ihn die letzten drei Tage eh nicht hier rausbekommen.» Lachend verlässt sie das Zimmer.

Während ich Shane anstarre, wird mir bewusst, wie lange ich ohnmächtig war. Drei ganze Tage.

«Hör zu», beginnt Shane und streicht verlegen über seinen Nacken. «Die denken, ich bin dein Freund, weil... naja die Polizei hat mich als deinen Notfallkontakt angegeben, nachdem ich dich im Hotelzimmer im Arm gehalten habe und...»

Ich ergreife seine Hand. «Shane, das ist okay.» Diesmal gelingt mir ein Lächeln. «Danke.»

Kurz darauf kommt ein Arzt herein und Shane verlässt das Zimmer. Ich sehe ihm hinterher, weil ich ihn eigentlich bei mir haben will.

«Ihre Werte sind schon besser geworden», gibt mir der Doktor zu verstehen. «Wir werden sie dennoch ein paar Tage hierbehalten müssen, aber Sie erholen sich wieder. Ihr Körper hält einiges aus.» Damit wollte er mir wohl ein Kompliment machen, doch ich muss an die Nacht im Hotel denken.

Fünfzehn Minuten später kommt Shane mit einem Becher Kaffee in der einen und zwei Muffins in der anderen Hand zurück in mein Zimmer.

«Ich weiß nicht, ob du schon essen darfst, aber ich dachte, ich nehme besser einen mit.» Er setzt sich neben mich aufs Bett und hilft mir, nachdem er alles abgestellt hat, mich aufzusetzen.

«Ich habe Matt, Claire, und Violet Bescheid gesagt, dass du wach bist. Sie werden morgen zu Besuch kommen.»

«Ist gut, danke. Wie geht es mit dem Film weiter?», fällt es mir plötzlich ein.

«Mach dir keine Sorgen. Sie drehen zuerst die Szenen ohne dich und den Rest später. Das hat mir Dan zumindest erklärt.»

«Du hast ihn kennengelernt?» Das wäre schon eigenartig, da ich mit beiden an einem Abend getanzt und geflirtet habe.

«Ja, er ist ein netter Kerl. Er macht sich auch Sorgen um dich und ich habe ihm vorhin geschrieben, dass es dir gutgeht. Vielleicht kommt er auch vorbei.» Shane überlegt kurz. «Er hat mir erklärt, dass er nur dein Filmpartner sei und ich mir keine Gedanken über eure Beziehung machen müsste. Hält mich wohl für deinen festen Freund. Ich habe das mal so stehen lassen, da alles andere zu kompliziert gewesen wäre. Vielleicht solltest du ihn aufklären, wenn es dir wieder besser geht.» Dann fällt ihm noch etwas ein.

«Ach ja und meine Schwester, Dave und Riley haben dich in den Zoo eingeladen, sobald du wieder in der Stadt bist, also hauptsächlich Riley. Wäre dir das recht?»

«Ja.» Es tut mir leid, dass sich alle meinetwegen Sorgen machen, aber ich freue mich über die Einladung.

«Wie geht es Riley?»

«Sie ist regelmäßig bei einer Therapeutin und macht große Fortschritte. Vielleicht schafft sie sogar einen halbwegs normalen Start ins neue Schuljahr.»

Sogleich fällt mir eine Frage ein, die mir seit dem Aufwachen auf der Zunge brennt. «Wo ... wo ist mein Stiefvater?»

Shane atmet einmal tief durch. «Im Gefängnis.» Noch bevor ich etwas erwidern kann, hält er mir einen Finger an die Lippen. «Keine Angst, deiner Mutter geht es gut. Dein Vater wird seine Strafe absitzen. Er wird dir nicht mehr schaden. Doch da du seit gestern achtzehn bist, wurde alles auf dich übertragen und du kannst über die Finanzen und auch über die Situation deiner Mutter entscheiden. Ihr seid nun beide in Sicherheit.»

Ich beuge mich vor, um Shane eine Umarmung zu schenken, weil ich so froh darüber bin, dass es vorbei ist, dass ich keinen Ton herausbringe. Erst ein paar Minuten später sammle ich mich wieder und sehe zum Blaubeer-Muffin. «Kriege ich den?» Ich will einfach nur an etwas Unbeschwertes denken, außerdem hab ich wirklich Hunger.

«Klar.» Er will ihn mir in die Hand geben, doch ich lasse ihn wieder fallen. Ich kann mit meinen Fingern wohl nicht richtig greifen.

«Dann muss ich dich eben füttern.» Wieder hat Shane meine Gedanken gelesen. «Mach: Ahh.»

Ich lache und tue, wie mir befohlen, während ich ein kleines Stück abbeiße.

«Du hast überall Brösel.» Lachend wischt Shane mir über die Lippen. Kurz verharrt er in der Bewegung, bis er sich zu mir beugt und mich küsst, lang und innig. Ich hole Luft und er zieht zurück. «Entschuldige.»

«Nein, das war schön. Ich möchte, dass du das öfter machst, Shane.»

Nachdem ich das gesagt habe, merke ich, wie mein Gesicht rot anläuft. Shane hingegen küsst mich leidenschaftlich und lässt kaum mehr von mir ab. Erst nach ein paar Minuten öffnet er die Augen und schenkt mir sein schönstes Lächeln.

Ich kann nicht anders: jetzt oder nie. «Shane, ich liebe dich.»

Kurze Stille folgt, er starrt mich wortlos an. Ich bin verunsichert. War das falsch? Erwidert er meine Gefühle nicht?

«Shane?», frage ich zögernd. «Freust du dich darüber?»

Offenbar erleichtert streichelt er meine Wange. «Du hast gar keine Ahnung, wie sehr.» Er zieht mein Gesicht vorsichtig zu sich und drückt seine Lippen sanft auf meine.

Plötzlich kommt der Arzt mit einer Schwester ins Zimmer und sie wirken kurz verdutzt, als sie uns beide auf meinem Bett sehen. Shane dreht sich ein Stück weg von mir und lässt den Doktor sprechen.

«Leyla, ich habe eine gute Nachricht für Sie. Ihre Mutter. Sie ist aus dem Koma erwacht.»

Fortsetzung folgt...

Über die Autorin

Seit ihrer Kindheit schreibt die Linzerin mit großer Leidenschaft Geschichten. Doch nicht nur das Schreiben, sondern auch Fremdsprachen gehören zu ihren großen Interessen.

In ihrer Freizeit beschäftigt sie sich viel mit dem Mittelalter, weshalb sie in ihre Romane auch gerne historische Aspekte miteinfließen lässt.

Aber auch die vielen fremden Orte und Länder, die sie mit ihrem Mann oft bereist, finden sich in ihren Geschichten wieder.

«Itaria – Die Suche nach der Wahrheit» ist der Auftakt zu ihrer ersten Fantasy-Trilogie, welche sie unter ihrem Pseudonym und früheren Namen Natascha Vuleta veröffentlicht hat.

Mehr über die Autorin:

www.nataschavuleta.at

www.facebook.com/nataschavuleta.at

www.instagram.com/natascha_vuleta_autorin

Weitere Bücher von Natascha Vuleta

Itaria – Die Suche nach der Wahrheit

Kilian, ein junger Krieger, lebt mit seinem Großvater in Kortas, der Hauptstadt von Saboran, dem Land der Menschen. Doch ist er nur zur Hälfte ein Mensch. Als Kilians Großvater im Sterben liegt, vermacht er seinem Enkelsohn eine Weltkarte, die ihn durch ganz Itaria führen soll. Sein Auftrag ist es, nach einer weisen Frau zu suchen, die ihm seine wahre Identität preisgeben kann. Und so macht sich Kilian auf den Weg, auf die Suche nach der Wahrheit. Doch die Reise birgt viele Gefahren. Je weiter Kilian in den Süden kommt, desto mehr scheint sich dort ein dunkler Schatten über das Land gelegt zu haben. Und er scheint mehr darin verwickelt zu sein, als er ahnt...

Band 1 der Itaria-Reihe
412 Seiten, Taschenbuch / Paperback, BoD – Books on Demand
ISBN: 9783750421899

Itaria – Eine neue Kraft

Was tust du, wenn das Schicksal dich auffordert, gegen deine eigene Familie zu kämpfen?

Niemand hätte gedacht, dass Drakar erst der Anfang allen Übels war. Abermals hält eine dunkle und mächtige Kraft die Fäden in der Hand und will ganz Itaria nach ihren Vorstellungen formen.

Auf der Suche nach ihren Eltern, versuchen Taran, Lira und ihre Verbündeten einen Weg zu finden, das Böse endgültig zu besiegen. Schon bald erkennen sie, welch dunkler Pfad vor ihnen liegt, und doch ist es die einzige Möglichkeit, ihre Eltern zu retten. Als Lira von der Gruppe getrennt wird und einem Gebirgselfen namens Akron begegnet, muss sie all ihren Mut zusammennehmen und sich ihren größten Ängsten stellen.

Auch Taran wird auf eine harte Probe gestellt und verliert dabei beinahe den Verstand...

Band 2 der Itaria-Reihe
412 Seiten, Taschenbuch / Paperback, BoD – Books on Demand
ISBN: 9783738624335

NATASCHA VULETA

Tiana

&

Coel

ROMAN

Tiana & Coel

Wenn das Schicksal dir eine zweite Chance gibt, ergreif sie!
Auch wenn das Leben dann etwas anders spielt, als du
es gewohnt bist...

Nach dem Tod ihres Geliebten und besten Freundes David muss
Tiana lernen, neu anzufangen. Ihr Herz leidet jeden Tag und
die Vergangenheit holt sie immer wieder ein. Als sie auf Coel
trifft, der David zum Verwechseln ähnlich ist, schöpft sie neue
Hoffnung. Doch Coel nähert sich Tiana aus einem bestimmten
Grund an. Nach einem Unfall erhielt er die Aufgabe, sie zu beschützen und ihr zu neuem Glück zu verhelfen. Dass er dabei
sein Herz an sie verliert, war nicht vorgesehen...

208 Seiten, Taschenbuch / Paperback, BoD – Books on Demand
ISBN: 9783751932288